寒门之暖

hanmen zhi nuan

彭见明 著

海天出版社

·深圳·

图书在版编目（CIP）数据

寒门之暖 / 彭见明著. — 深圳：海天出版社，
2019.4（2020.11重印）
ISBN 978-7-5507-2608-6

Ⅰ.①寒… Ⅱ.①彭… Ⅲ.①散文集－中国－当代
Ⅳ.①I267

中国版本图书馆CIP数据核字(2019)第043854号

寒 门 之 暖
HANMEN ZHI NUAN

出 品 人　聂雄前
责 任 编 辑　林凌珠　戚乐也
责 任 校 对　方　琅
责 任 技 编　梁立新
封 面 设 计　蒙丹广告

出版发行　海天出版社
地　　址　深圳市彩田南路海天综合大厦（518033）
网　　址　www.htph.com.cn
订购电话　0755-83460239（邮购、团购）
设计制作　深圳市龙瀚文化传播有限公司 0755-33133493
印　　刷　深圳市华信图文印务有限公司
开　　本　889mm×1194mm　1/32
印　　张　5.875
字　　数　90千
版　　次　2019年4月第1版
印　　次　2020年11月第2次
定　　价　38.00元

目　录

一、关于幸福 1

二、我的崇拜 9

三、旧梦长绕 35

四、怡然若羽 57

五、天宽地阔 77

六、"走根笋"源 95

七、足够大写 115

八、如凛如然 153

关于幸福

我觉得我是个幸福的人。

我最大的幸福，是有过"五代同堂"的人生体验。我与我的血缘最近的长辈们，没有间断和缺失地生活在一起，他们见证了我的出生，我见证了他们寿终正寝。我们乡间认可的寿终正寝，是老人要老在自己家里，并有后人"送终"。如果是从医院里抬回来的，或逝于野外和异乡，都要被判定为非正常亡故，其遗体不能入宅，丧事要放在院子里办。人上了年纪，自知在人世的日子不长了，最担心的不是何时走，而是怎么走；最怕的是做游魂，不能归家。

我出生的时候，有九位血缘最近的长辈陪伴着我，他们分别是太祖母、老祖父老祖母、祖父祖母、外公外婆、父亲母亲。

从微观来看，一个家庭是一条河流，我有幸最大限度地看到了这条河流的长度和鲜活，从以上四代长辈的身上看到了自我的形成。我在一个层级完整的羽翼下长大，源源不断地聆听到来自家族渊源深处的涛声。能够有如此难得的血缘体验的人，时下是少而又少。以现在的生育年龄，很少有人会看到三代以上。

我请懂电脑的朋友，修补放大八位长辈的照片。我在我父母留下的老宅基地上，盖了一所不大的房子，将八老的照片，永久供于堂上，那样我会经常回老家看看，也会要求与我的乡土没有了关系的后代常去看看。这些照片分别是我的老祖父母、祖父母、外公外婆、父母亲。八张照片中，老祖父母和外公，亡故时只留下一张手指甲大的黑白照片，是从与他人的合影中挖下来的，早年我用碳素铅笔放大加工，得以保存下来。

有一个遗憾，我太祖母的照片无法补上。老人家升天时，我才五岁，我是她的第五代长孙，我们乡中有俗语：公（祖父及祖父以上的长者）疼头孙，爷（父亲）疼晚崽。公为什么会特别疼爱头孙？因为头孙一落地，就意味做父亲的升级为祖父了，做祖父的升级为老祖父了，老祖父升级为太祖父了。在我们这个没有诞生过官僚和富翁的穷山沟里，一个人最大的荣誉，莫过于看你是否有后人，看你能繁衍出几代后人来，而财富啊，官位啊，若没有后人来继承，都是过眼烟云。而且从长孙身上，可以预见到再过二十年，"公"会再升一级。

爷为什么疼晚崽？是因为乡中有旧俗，父母老了，一般是随最小的儿子过日子的，为什么呢？道理只有一个，那时候结婚普遍早，十几二十岁都做父母亲了，父子间年龄差距太小，有如兄弟，自己老了，子女也老了，很多时候儿子会熬不过父亲而先逝。而晚崽一般要到三四十岁生，这才像父子关系，父母老了，晚崽正值壮年，有力气服侍老人，所以父母一开始就要考虑未来的退路，便要好好待最小的儿子。

我太祖母一定是无比疼爱我这个第五世头孙的，也许她还能从我这里见到第六代呢，她一旦活成了人瑞，就无上荣光了。在我们县上的清代县志里，记载着当时皇上是很敬老的，乾隆五十年（1785年），钦奉恩诏：未届百岁，五世同堂者，令督抚按年岁给予匾额、缎疋、银两。九十以上赠"耄龄垂裕"额，八十以上给"彩娱大耋"额，七十以上给"禧崇绛甲"额。也就是说，凡五世同堂的长者，"省长"或"县长"要派人代表皇上来上门嘉奖，每年还有"工资"发。嘉庆皇帝更看重老人，他颁旨：耆民七十以上，给予九品顶戴，八十以上给八品，九十以上给六品。嘉庆还规定了坟墓的面积：六品以下，自茔心数至四旁，二十有二丈（占地约五十平方米），设石象生，墓门可勒碑"某官某公之墓"。五世同堂，年过古稀，何等的荣耀。依此数来，我的太祖母可以享受皇封六品官衔（厅级），拿固定"工资"，葬五十平方米以上的坟茔，并将官职刻于碑上，世代传扬。可以想象，我的出生，太祖母是如何的欣喜——尽管此时天下不归皇帝管了，没有待遇了，但高兴程度会是一样的，她一定是要争着抱我的，好吃的也会省下来喂我，而我却记不住她的模样了，后人也没有能力给她照一张相。但我记住了她的葬礼，因为她的后人众多，做了七天七晚道场。好在那时做道场，吃的斋，只是要多吃几石谷，不然我们这个穷家，也扛不下来。

　　我清楚地记得太祖母出殡时，上百个穿着白衣的后裔送葬，"八大金刚"抬着棺材，吼声震天，不走弯曲的乡道，径直往山上的墓地冲，把刚插上早稻的水田，犁出一条深深的坑，"金刚"们从头到脚都沾满泥巴。我长大了问大人：为什么有路不走？乡党说这种出枢的方式，叫"逢山过山，逢水过水"，无论前面是什么，都要冲过去。理由并没有人告诉我，但这样做，肯定是于亡者于后人，都是好。

我的太祖母二十岁生我老祖父，老祖父十七岁时就做了父亲，祖父二十岁育我父亲，父亲二十二岁有了我。九位长者，有五位活出八十多岁，其中一位九十有三。按我们乡中的划分，五代以内为血亲，我已经数不清这支血亲队伍有多少人了。

我父亲兄弟姊妹有七个，母亲的兄弟姊妹有六个，叔家姑家、舅家姨家都善生，多的生七八个，少的也生了四五个。二十世纪八十年代末，我在离家三百里外的岳阳工作，家里来电话催我回乡，说家里出了点小纠纷，对方买通黑社会性质组织的人介入了。那时候还没有110，没有报警一说。我回去后和黑社会性质组织的头子见了面，我平心静气地对他说：什么事都好说，打架的事就不要谈。他说我们的职业就是打架。我说你的队伍有多大？他说我分分钟就可喊来十几个人。我告诉他，我父亲这边兄弟姊妹有七个，母亲那边兄弟姊妹有六个，光是生下来长大成人的堂兄弟表兄弟就有二十几个，还不包括嫁出去的姊妹的丈夫。二十几个兄弟中，我最大，今年还没满四十，最小的也有了二十多岁。古人说了：打架还要亲兄弟！你说这个架，你们那个三凑班子打得赢，还是我们这批亲兄弟打得赢？

他想了一会儿，说算了算了。起身就走。他算账快，觉得这场替人打的架，成本太高，不划算。出门时，我们还是送了他一包烟。出门后他回过头来说了一句话：以后有事找我啊。大有要同我们兄弟拜把子的意思。

我和我的老祖父母，共同生活了二十四年，和祖父母共同生活了三十五年，在我五十三岁那年，我外婆才谢世。我六十三岁送走了母亲。

我出身寒门，学问不及人，权位不及人，财富不及人，只是长者寿，亲人多，叫我哥的上百人，温情满满。

我是一介俗人，也爱虚荣，自觉有很多不及人的地方，但每想到人也有不及我的地方，便有了一份自信，权且算作是幸福。

我的崇拜

　　一般来说，被人崇拜的人，应该是有真本事的人，学问很好的人，德行很高的人，社会贡献很大的人，是人中精华。看来"崇拜"二字，是不能随便使用的，是一个严肃的词，是一个要仰望的词。

　　和所有年轻人一样，我也经历过奢谈崇拜的年龄，我也曾试图表白对谁谁谁的崇拜。甚至还有文学青年居然也表白崇拜我，如果我因为写过一两篇号称获过奖的小说就值得崇拜，这就有些不严肃了，这样我就得很警惕了。我值不值得被人崇拜，只有自己最清楚，所以我也会对使用"崇拜"二字持慎重态度，要是我崇拜的人的学问，并没达到值得崇拜的高度呢？要是学问值得景仰而人品不高呢？要是空有其德而不具其才呢？离我太高太远、看不见摸不着的人，能够盲目崇拜吗……所以越是使用段数高的赞美之词，越是要谨而慎之。

我很想使用一下崇拜这个词，但由于顾虑重重，一直没有找准目标。也曾有记者和学生问过我崇拜谁，这可难倒我了，说没有崇拜过谁吧，显得我很傲慢；说崇拜过吧，假话又实在讲不出。后来我想出一句搪塞的话：我欣赏所有人的长处。当然这也是内心话。后来想想，关于崇拜，毕竟是一个绕不过去的话题，我还是得有崇拜，思来想去，在我年过半百后，最后确定了：我崇拜的人是我的老祖父。

我的老祖父出身卑微，生长于山野，是个文盲，离人们概念中的值得崇拜的人物，实在太远，但我选择了他。

我的老祖父名豪翠，号听甫。一直到我开始写小说，为取不好小说中人物的名字而发愁时，我才发现我老祖父的名字极其的诗意且高雅，我有意留心观察活跃在文坛艺苑的大腕们，说句不客气的话，还没有一个大名能与"豪翠"比肩。

我老祖父有三兄弟，另外两个分别叫拔翠、笑翠，也极好。将男儿取名叫"翠"，应该是极少的，这是个女性专用字。而我老祖父这块"翠"，并不柔媚，附于豪迈，气宇轩昂，就有深意了。我祖父的名字也好，叫"雁羽"，大雁之羽，纵横天下，轻盈洁净。可惜到我祖父以下的后裔上百众，再也没一个有文化品位的名字了。为此我十分好奇，难道我的祖上，曾经出过文化大咖？我二十四岁时，老祖父谢世。我二十七岁才开始写小说，这个疑问，来不及从文学的需要问他，就再也找不到出处了。

我找到一本族谱，可惜族谱也只修到我老祖父以上的四代，由此可见，如果真是大户人家，也不会只修这么多。

主持修编族谱的人选，一般是族中文墨较好的长者，谁都愿族中有幸出人物，凡稍有成绩者，都是要记入族谱的，做后裔楷模。尤其要与别的姓族比高下，满足虚荣心。二十世纪八十年代重修族谱，族上硬是坚持要把我这个小小的省作协副主席的称号也写进去，以示荣耀。看来真是族中无老虎，猴子也充王。

太平盛世，现在乡中修谱成风，凡考取了本科学校的学子，都要进史册。我仔细地查了我老祖父以上几代长辈，没有看到谁有一段介绍文字，也不知是真没有出什么人物，还是世事多动荡，无心记录。

再看看我家的祖屋，就是最普通的湘北民居，土砖青瓦，偏屋盖的还是茅草。墙体没有一口青砖，屋顶没有雕梁画栋，当然更不会有书画瓷器之类的带贵气的摆设。我太祖母育下的子子孙孙，挤住在一个屋顶下，到了我父亲这一代，兄弟要分门立户过日子了，祖上勉强能够分给一间房，就不错了。我做过一个统计：我们这一代以上的所有长辈，民国时期没有人加入过国民党、三青团。中华人民共和国成立后没有人参军、入团、入党、吃皇粮，连生产队的副队长都没有人当过。一大家几十口人，始终生活在最底层。

如此看来，我老祖父的名字，没有我想象中可能有的高贵出处。

我二十八岁这年，开始发表小说了，被调到县文化馆做文学专干，时间完全由自己支配。这年冬天，我趁着去长沙开文学笔会，顺便带我母亲去长沙看病。我母亲指着湘雅医院后面的一片房子，说长沙"文夕大火"前，我老祖父在那里置有房产。她说老祖父年轻时，生意做得不小，所以能够在长沙置业。

在长沙市的中心地带有房产是什么概念？随便就是时下的亿万富翁。

我母亲在中华人民共和国成立后才嫁到彭家，关于我老祖父，她也是听人家讲的。出于对文学的敏感，这也是一个富于传奇色彩的故事了，挖一挖，有可能弄出好东西来。但我母亲的感觉，和我是一样的：不相信老祖父创造过传奇。其时我老祖父已作古，也没法落实他当年究竟在长沙做过什么。

我十二岁去十五里外的中学读书，十七岁出门吃"皇粮"，与乡党的联系并不密切，回家住一晚，看看家人就匆匆走了，关于老祖父的身世与经历，竟是几十年间道听途说琐碎积累的。

从一些已经口齿不清的老人的叙述中得知，我老祖父确实做过生意，出过远门，而且起步较早，给乡党印象深的，一是贩过猪，二是贩过布。猪生意做得远，直接往两百多里外的长沙送。其时乡间的运输工具是独轮车，木轮子外面包铁皮，一辆车推一头猪，送到长沙要三天，在一个叫金井的地方住一晚，在一个叫路口的地方再住一晚，第三天才能到达，走的都是两头黑。人住下，猪松绑，让猪在店家的猪栏里，同店家的猪挤住一晚。还要在店家借锅煮猪潲，让它吃饱，来日清早好再被捆绑上路。松松绑，休息好了，猪才不致因过于劳顿而死在路上。我老祖父的车队，少时十几辆，多时几十辆。每台车，一个推的，一个拉的，都是有气力的人。人不能少，一路翻山越岭，都要是有力气与拦路打劫者一搏的角色。

说是我老祖父在长沙的猪生意做得不错，在业界有声望。怎么不错？也没有人讲出具体的细节来，稍微完整点的故事只有一个：说是某晚车夫歇在长沙，无事就在赌场看赌钱，其中一局，下局的金额悬殊，要么大赢，要么大输，庄家不敢揭这个盖子，他没有赔大钱的底气。一般这样的赌局就要封存下来，另外去寻大老板来"买"这个庄。

这时我老祖父正在客栈呼呼大睡养精神，他的伙计们想一睹这场输赢，便提议庄家去问问我老祖父，敢不敢"买"这个宝？其时我老祖父可能有点名声，连赌徒们都认识他。庄家听说彭老板在，眼睛一亮，觉得有人解围了，当即便委平江伙计去问我老祖父。我老祖父过于疲惫，也没听清伙计们说什么，连声说"买买买"。倒头又睡死过去。

　　第二天早晨起床，我老祖父见床边放着几个麻布袋，伙计们一个个脸上放着贼光，围在一旁傻笑。原来我老祖父梦中揭宝，大赢一场，获银元几麻布袋。我们山中，几乎家家都有养狗打猎的习俗，待到秋收时节，我记得我家的猎狗，几乎每天清早都要从外面咬一只小猎物回家。乡人狩猎有规矩：不管谁打下野猪等大兽物，凡围观者都可得一份口福，叫作"见者有份"。现在我老祖父得此一大笔横财，自然想到"见者有份"的乡约，便叫各位伙计，撩起衣服尽管装银元，但不许使用布袋。待一阵哄抢，我老祖父所剩无几了，但他高兴，在他看来，这不是靠气力得来的收获，属横财，横财是不可独吞的，只有大家分了才无愧。

　　这批伙计拿着银元，回家即买田置业。有了垫底资金，发展就快，日久都成了乡中富主，到中华人民共和国成立时，大都被划为地主或富农成分。而他们当初的老板——我老祖父却与他们拉开了财富的距离，只评了个下中农成分。也不知我老祖父是什么时候破的产。不过我老祖父以他破产的代价，拯救了我们这个大家庭，中华人民共和国成立后他没有挨过斗，他的子子孙孙都是有着红色头衔的贫下中农，不必低着头走路。

也有人说我老祖父贩猪的名声不算大，贩布的名声才叫大。他被乡党真正叫作老板，出自一个很特殊的背景。

二十世纪三十年代末，日本军队入侵中国，很快攻占了上海等重要工业城市，其中纺织业惨遭重创，老百姓没衣服穿尚可将就，前方打仗的战士不能没有衣穿。当纺织工业消亡后，便有无数的手工业取而代之。我的老家地处深山，一时远离战火，竟在一夜之间，成了一个纺纱织布的重镇。我们这个很小的地方，因此有了一个很大的名字，叫：长田市。中华人民共和国成立后长田市的建制是一个行政乡，后因实在是太小，有市无街，有市无商，撤乡并镇后，现在成了一个村。但抗战时期的长田市之繁荣，无以言表，那时候以长田市为中心的周边几百上千户人家，家家拥有纺纱车和织布机，男女老少人人上机纺织，昼夜不息，人歇机不歇。日本人封锁了水运和公路，但堵不住可以在树丛中穿梭的独轮车。附近江西的修水、铜鼓，湖北的咸宁、通城，湖南的醴陵、攸县、浏阳、长沙、岳阳等上十个县份的棉农，每天要往长田市送来数以万斤计的棉花。送进来的是棉花，拉走的是棉布。山坳林密处昼夜响彻着独轮车"吱呀"的声音，通省连县的石板路被车轮碾出深深的凹痕。我老祖父没有成为一个纺织手，也没有当车夫，要么是坐地收购的掌柜，要么是在生死威胁环境下组织运输的大佬，他被授予"老板"的尊称，大概是始于这个时候。若干年后，凡与我老祖父有过交往的长田市人，每谈到他，必竖起赞赏的大拇指。但遗憾的是并没有留下动听的故事。

真实的故事，生动的细节，如果我老祖父不讲，就流传不出去了。但他从来不讲自己。

长田市离我老家三里地。我儿时记忆中的长田市，青石板街仅两米宽，百把米长，两边有几十家窄窄的店面。从我家门口流过的一条小河，绕过小街的两头，街两头各有一座石拱桥。就是这么一个小地方，不知为前方的抗日战士，送去多少温暖。

从石板小街被车轮碾出的凹痕，可印证当年长田市的风采与沧桑。此番风光，一直保持到我十七岁出门去县城工作。再回首，现在尚存的长田市，仅留一座爬满青藤的石拱桥，铺面早已拆除一尽，被一群配有"罗马柱子"的五颜六色的小洋楼替代。

在我十七岁前的记忆里，长田市附近一带大多数人家，都还保留着织布机和纺纱车，老少妇人都还有纺织的习惯，只要体力活干完了，孩子入睡了，女人便会开始纺织，就像现在的妇人一闲就看电视连续剧和玩手机一样。她们甚至不以为织布是在劳动，而是在休息。纺车"咪呀咪"地吟唱着，出自妇人口中的绵绵小调，也就随之穿梭于夜空，歌声和纺车声、织机声，伴着我整个儿时的睡梦。

在我十三岁那年，我老祖父邀我同他去做布生意。他给我准备了一担三四十斤重的家织棉布。作为农家子弟，我已经具备这个力气。这一年我老祖父七十二岁。本来在他这个年纪，出门做生意，还不需要借助我的肩膀，他会比我还挑得多。但一年前他去浏阳做布生意时，在山上把左腿膝盖骨摔脱臼了，经路人发现，口信传口信，一路传来，经过几个人的口，才传到我家，待我叔叔他们抬着轿子寻到他，时间已经过了一天一夜。对于伤科郎中来说，治脱臼不是难事，找力气大的人抱紧患者的上身不让动，郎中

点香燃烛，倒一杯冷水，口中念念有词，拜请师傅神
灵援手，然后在杯口用手指游走，谓之：画符。画
毕，喝一口赋予了"神力"的冷水，朝伤处喷去，待
伤者皮肉一紧之际，郎中迅速搬起伤腿，往上一举，
只听得"咔嚓"一声响，郎中宣布：好啦。骨头便在
一秒钟之内接上了。伤者虽然马上能站立了，但仍须
卧床一月，待血肉筋络长全，方能下地走动。我老祖
父年满七旬，气血已衰，至少也应在床上躺一两个
月。

我老祖父大半辈子东奔西跑，从没闲过，不遵
医嘱，觉得好了一些，便下地走动。待更好一点，便
开始做甩腿运动，试图帮助伤腿尽快恢复到原来的劲
势。但这一甩，因用力过猛，导致再次脱臼。再次脱
臼的后果是这条腿无法接上去了，膝盖骨从此凹了下
去，形成一个恐怖的坑。在我老祖父以后十多年的生
命中，那条伤腿，要依仗一根拐棍，才可勉强走动。

这年的深秋季节，我同我的老祖父第一次出门远
行，有多远？我没问。此行去干什么？布袋里装的是
什么？他不说，我也不问。我没有问什么的习惯，我
只是愿意和我的老祖父在一起，什么话也不说，也愿

意。为了这次远行，我老祖父就如何让拐棍协同伤腿走路做了大半年的研究和训练，一直练到了可以挑半担尿去浇菜地，才决心出门重操旧业。而这一年，正是"文革"开始的第一年，没老师上课了，学校荒废了，我不必请假，也可自行来帮老祖父干活。

老祖父选了上好的麻和棕，打了两双麻草鞋，我们穿上它往远远的一架大山进发，在我十三岁的视野里，每天出门必见此山，但从来没有亲近过她，不知道那一抹灰蓝色离我有多远。我知道走远路必须有一双好鞋子，而走路最好的又是草鞋，我并非吃不到杨梅说杨梅酸，依我几十年的实践，尽管时下名鞋如云，但论走远路，其综合感受，真还没有一双超过麻草鞋的。

我们吃完中午饭就出发，一直走到天黑，才走到那架叫作连云山的山脚下。我老祖父只生育我祖父一根独苗，他弟弟笑翠过继了一个闺女给我老祖父做女儿，她就嫁在这山脚下，我们就在她家打住。我的老姑告诉我：我们花了五六个小时，才走完到她家的二十多里地，可见我老祖父走得有多难。但见我老祖父有伤的膝盖并没有红肿，她才放下心来。

　　第二天天刚亮，我们就吃过早饭出发了。我们的整个行程是上山十五里，下山三十里，才到达目的地。爬到山顶是十五里，路名叫"十八盘"——即要盘旋十八个大弯，方可达山顶。我们在不见天日的密林和藤蔓中盘旋，整个大山里只有两种声音：一是我老祖父手中拐棍戳在石板路面的"咯咯"声，二是我老祖父粗重而均匀的喘息声。我在前，他在后，因为此路很少有人走，时有枯枝挡路须清除，那是我的事。我们走走停停，待见到阳光照到头顶时，就看到山顶了，树林也就不再长高了。看看太阳当顶，就知道是正午了，在我十三岁时，我还没有看到过手表和闹钟。我数了一下，我们花了整整半天，十八弯还有四个弯没走完。在路边一眼天然的泉水旁，我老祖父说在这吃中饭。水边有好心的路人备好的舀水喝的竹筒，我们就着这一汪水，开始进餐。饭是掺着艾叶煮熟的两个饭团（艾叶防馊，不拉肚子），装在一个用麻线织成的布袋里，通风透气。菜是炒黄豆，有油盐味。这大概是老祖父他们那一代人出远门的通用干粮。

　　我问老祖父这山顶上怎么只长草不长树？他说山

顶风大，长不成大树的。我问这山上有老虎吗？他说老虎就住在这草里。我问为什么不住林子里？他说老虎怕鸟拉屎，鸟屎能烂虎骨头，山顶上只长草，没吃的，鸟不来。听说山上有老虎，我的后背就发麻，我说你不怕啊？他说以前来这做生意的，过十八盘时，都会约齐了，一起走，人多就不怕老虎，老虎也怕人多。我问如今还有老虎吗？他说不晓得。好久没见过了。看来他过去是遭遇过老虎的。

下山的三十里，大多是平路，我听到后面的拐棍声和喘息声显得轻多了，我肩上的担子也就轻松些。太阳快落山时，老祖父问我肚子饿不饿，我说有一点。他让我在一个山沟旁停下来歇歇，他让我看看沟里。不看不知道，一看吓一跳。我看到光滑的石沟里，是一堆堆的板栗，抬头往上看，是密密匝匝的高大的板栗树，这正是落果的季节。我忙跳到沟里，选些个头大的板栗，装满身上的口袋，装中午饭的麻布袋空了，也被塞得满满的。我和老祖父吃了一阵板栗，有了精神，继续前行。在快看不清路时，前面便有了灯光。老祖父说，今晚歇在这里。

路边的客栈很小，伸手可以摸到屋檐。屋顶盖着厚厚的茅草，一根很大的树撑着它。屋里点着一粒豆大的灯火，有五六个人影在晃动，但是热情胜似灯光，见我们推门进去，个个都起身相迎，齐齐悦声叫着"彭老板"。显然我老祖父过去是这里的常客。很快锅响了，饭菜都是现成的，热一下端了上来，我胡乱塞饱肚子，太困太累，倒头就在一张可睡十来个人的通铺上，钻进一床被子里睡了。这家店给我睡前留下的印象有三点：一是被子下面只有稻草，我闻出来了是刚刚收割的晚稻草。二是店家的饭甑就是一截楠竹做成的，我也算是山里人，不敢相信竹子能长得这么粗，像一个水桶。三是有人提议要喝酒，一听说酒字，我老祖父的声音就高了，声言这顿酒由他来请……第二天起来，我第一件事是细看那只竹饭甑，那个大啊，真好……

山脚是一家煤矿，那里的人都认得我老祖父。

这是我曾孙。老祖父逢人便得意地介绍我。

好命好命。那里的人是真心的赞美。

我挑子里的布卸在一个杂货铺子里。那些一脸黑的矿工见我老祖父走路一拐一瘸的，都止不住流眼泪。杂货店的老板娘也跟着流泪，对我说：我们这里只销你老祖父的布，只他的布结实耐穿。

这地方叫浏阳东山，出煤，也出柿子。柿子有拳头大个，我老祖父买了柿子表彰我，好吃就贪吃，吃得我都吃不下饭了，以后好几年看到柿子就想吐。返程时，老祖父让我挑了些柿子干回去，再卖给地方上人。回家时，我没有忘记再捡些板栗挑回家。返乡的担子并没减轻。

我老祖父这是最后一次造访这个他常去的地方，他以后没有再让我陪他去，说明他通过检验，证明他已经没有能力再走一趟了。现在回想起来，就是一个健壮的人，要走完那条艰险陡峭被世人遗弃了的古官道，也并非易事，而我老祖父是在古稀之年用一条好腿拖着一条废腿走完的，我除了听到他粗重的呼吸，不曾看过他的愁眉，不曾听到叹息。他选择放弃这条商旅，足可见他无法承重。

我老祖父不能出远门了，但还是拖着一条无力的腿，不停地在附近乡间游移，以他特有的商业敏感，做一点小生意。他必须赚点小钱，来养他那点喝酒的嗜好，他每天要喝一点酒，哪怕一两也行，不喝便没有精神，可以不吃饭，但不可以断酒。而他的儿子和孙子，都没有能力保障他这点微乎其微的需求，他只能自救。

在我七八岁的时候，正逢国家三年困难时期，饭都没得吃，哪有粮食酿酒？我老祖父便去山上采摘一些植物根茎和果实，挑回家来酿酒，其中我知道名字的有葛根酒、红薯根酒、乌毛刺果酒等。走前人没走过的路，他按自己的理解来酿酒，我还记得，他酿出来的酒，所有好酒之徒都不愿喝，说是比喝药都难喝，而我老祖父一边皱眉头还要一边喝。

我十七岁被招到县剧团工作，那时候叫毛泽东思想文艺宣传队，老祖父每年都要来我这里住几次，每一次都是待两天两晚，就是留，他也不多住，说不能影响我的工作。从我老家到县城，有四十多里地，他是步行来的，分两天走，第一天走一半，到嫁在离县城二十里的他大妹妹家里住下，第二天走到县城。回去时可以坐三十里路的客班车，我要买票给他，他说他走惯了，坚辞不肯。

每每老祖父光临，我的第一个动作，必是飞奔而出，上街打酒，一定要让他在三分钟之内喝上解乏酒，这是他最高兴的事情。其时工厂的学徒每个月只有十五块钱工资，而我刚参加工作就有二十八块五角钱，那时候毛主席的文艺战士地位很高。为了迎接老祖父，我备好了从医院里弄来的盐水瓶，瓶盖是软橡胶的，又紧风，又好开启，又耐用，比现在所有的品牌酒盖都好用。一个瓶子正好装一斤酒，几角钱一斤的酒，这对于我的经济状况来讲，不在话下。当我递给老祖父一整瓶酒时，他脸上每一条皱纹里都荡漾着喜悦。要知道，在漫长的岁月里，他没有能力让自己一天喝上一两酒。而我一出手给他的就是沉甸甸的一斤，多么土豪。

我拿上了这么高的工资，当然不会让老祖父喝寡酒的，那时县城有家卤味店，也是唯一的一家卤味店，我还会在那里无比奢侈地买下几角钱猪耳朵、卤豆腐干、花生米，给他下酒。当我看到他高亢地打着酒嗝时，我十分开心，因为他有幸能够喝上他曾孙的酒了，而能享受这种待遇的老人，是很少很少的，我的同事中，至少有一半人没有看到过自己的老祖父，而我却能够孝敬我的老祖父，令我的同事们十分羡慕。每次我老祖父来了，同事们都要高声给我报信。

但这样的好景只维持了几年，在他年届八十时，他实在是无力拖动那条病腿了，不能走到县上来享受他曾孙的孝敬了。尽管后来在他活着的几年间，在他再也无力靠做小买卖来维持每天几口酒的时候，我保障了他的嗜好，但我还是觉得我参加工作太迟了些。

在我老祖父逝去几十年后，县城有一位主修彭氏族谱的长者告诉我，说我老祖父是个很了不起的人，他二十多岁时就把布生意做到了武汉、南京、长沙，是很大的老板。他带着一支船队，多时有几十条船，敲锣打鼓，在县城的大码头出发，威武啊，顺汨罗江，入洞庭湖，下长江。平江有四大特产，茶、麻、油、纸，他什么都做，做得最大的，还是麻布。风风雨雨，一走就是个把月，满满一船去，满满一船回……那时候彭家祠堂是县城修得最大最好的祠堂，你老祖父是捐款大主，但从不留名……

由此我相信我母亲说我老祖父曾经在长沙置有产业，可能是真有其事。那时没公路，一个县份的物资进出全靠水运，作为运输大亨，我老祖父应该是赚了大钱的。

但是一个大亨的晚年，居然不能给自己提供一两哪怕是劣质的酒，这就完全有理由让我宁肯信其无，不肯信其有。

　　不知是家里的安排，还是我老祖父的要求，我自小就是老祖父带着睡觉，一直到我参加工作后，每回老家，都是同老祖父睡。还是儿时记忆中的那张一直未能涂上油漆的床；还是那一床补了很多补丁的麻线蚊帐，凡是老祖父的衣物用品，都是他自己缝补；还是那张只剩下三只脚的竹躺椅，在我的记忆里，它从来就没有过四只脚，比老祖父那条瘸了的脚不知早了多少年；还是那盏没有了玻璃灯罩的煤油灯，几十年不变地立在竹椅旁的一个小方桌上；还是那间三面都是木板、每块板子之间都均匀地裂着缝的房间……我最要感谢的是老祖父房间的竹躺椅、小方桌和一粒灯火。我在这里完成了大部分高小两年和初中一年的家庭作业。更重要的是自"文革"发生后，中学图书馆被砸烂，满地是书，附近的农家妇女都去捡书纸回家当引火柴，我也赶紧捡了不少文学书回家，有《三国演义》《水浒传》等五六本历史小说，有《静静的顿河》等七八本苏联小说，有《林海雪原》等十来本当代小说，还有《十万个为什么》等杂书。那时爱读小说，找了个旧箩筐放书，最盼望天下雨和夜幕降临，那样就不要下地干活了，可以安心看书了。老祖父房间里的一粒灯光，伴陪着我一遍又一遍地阅读这些书，读到天亮是经常的事，我能把《三国演义》的故事完整地讲给乡党听。

其实写小说也不是高不可攀的事，读过一些好小说，还真把这些小说读进去了，消化了，水涨船高，就自然而然知道怎么写小说了，我从来没有想也不敢想我日后能够靠写小说混到饭吃。我老祖父那仅能放一床一桌一椅一柜一尿桶的木板房，是我的"大学课堂"，我在这里观摩了众多不同风格的作家老师授课，我在这里认识了托尔斯泰、屠格涅夫、契诃夫、普希金、泰戈尔、罗贯中、曹雪芹、鲁迅……那时候的农村中学，居然有这么多的好书，有那么整齐的俄国作家阵容。

我老祖父房间里的那一粒灯火，是我文学启蒙的光芒。

我老祖父是乡中少见的爱干净、自己料理个人生活的老人，他的蚊帐、被子，虽说补丁叠补丁，却总是保持干净。我们乡中讲究的人家，凡洗过的衣服被帐，晾晒前还要浇上米汤浆一次，我也没弄清楚这么做的由来，估计好处可能有两点：一是衣物硬挺有形一些，二是有米汤的香味。我们过冬睡觉保暖的主要依赖不是棉絮，而是稻草。棉絮要花钱，稻草不花钱。我老祖父和所有老人一样，在收割稻子的时候，要去精心挑选一批优质稻草，去掉外衣，留下秆子，悬挂于梁，随时替换垫床的旧稻草。一般人家是一年换一次，也有几年不换的。我老祖父一年至少要换两次。他的床上，长年散发着米汤和稻草的清香，这是让靠吃大米而活着的人最享受的香味，可惜没有人将其做成香料的母本。很多年后我有幸能住上价钱不菲的宾馆，一切皆奢华，我想要是能闻到米汤和稻草的原香，将会有怎样的好梦？

我们这个院子，只住五六户人家，同龄的小朋友仅有两个。附近有高祖留下的彭姓大宅，那里孩子成群，是我们爱去的地方。每到寒冬之夜，我在外面玩晚了，或者看书看晚了，脚快被冻僵了，实在熬不住了，便钻进老祖父弥漫着米汤同稻草气味的暖窝里，再把麻木的脚伸到老祖父的腋窝，这时他必搂紧我凉如冰块的脚板，他什么都不说，更不会说玩这么晚才回家之类的话，默默地以一个存世并不久了的体温，赠予他的后人……一脉香暖催人入梦，几十年来，每逢寒夜哆嗦上床，脑中必闪过儿时那令人留恋的一幕。

我老祖父逝世时，没有碰上好时候，二十世纪七十年代中期，旧时代的葬礼都被取缔了，和尚道士都还了俗，"作案"工具被悉数收缴或销毁，谁也不敢私藏。我没有见上我老祖父最后一面，他就被草草掩埋。那时候一个公社（乡）几千人，分布在几十平方公里的山川间，只公社有一台可往外拨打的电话，住得远的人，如若要打一个电话，路上要走一两天。尽管打电话这么不易，我家人还是想方设法通知我回家去送老祖父一程。其时我和我的同事们在长沙学戏。我们剧团的团长在县里接到了这个电话，但是他没有告诉我。事后他做我的思想工作：考虑革命工作要紧，所以没有告诉你。

在那个革命高于一切的时代，我能说什么呢？

一个多月后，我回老家跪拜了老祖父的坟墓，但是没有哭。不知道为什么没有哭。老祖父使用过的所有东西都烧掉了，只剩下一间空房。我突然感到一片茫然：我今晚跟谁睡呢？

一些年后，我同一位族上长者谈到我老祖父，他说：那时候你老祖父做得大啊，你们的老屋场，叫作"顺生里"，买卖做得不小啊，有"顺生斋铺（做糖果饼干）""顺生药号""顺生学堂""顺生糟房（蒸酒）"，还杀猪打豆腐……你老祖父手头宽裕的时候，这地方上下十几里的人家，恐怕都借过他的钱。他这人大方，只要人家开口，只要荷包里还有货，没有不给的。后来日本人打进来了，你老祖父的家业就跟着败了。再后来，解放了，朝代都换了，还有谁会还钱呢？以后的几十年，你老祖父过得苦，也没看到谁打一两酒给他喝。你老祖父的后辈人，都苦啊。有后人问过你老祖父，想要他说出来，地方上都有谁借过他的钱。你老祖父说：还得起的，会还，还不起的，还是还不起，算了吧。他闭口不说谁欠过他的钱。你老祖父走时，不糊涂，只是不能吃了，拖了十几天。又有后辈伏在他耳边说：你就要走了，人家欠了你的钱，该说啦，再不说就迟啦。但你老祖父还是摇头不说……

后来我的一位婶婶告诉我，我老祖父曾经清理出一个箩筐的本子和纸条，叫她挑到河边的沙洲上，一把火烧了。

估计那是他秘密保存了几十年的账本，此举是要断了后人日后算账的想法。

在我老祖父谢世后的近四十年，我老家的县上成立商会，大家要我讲个话。我是文人，这种商业场合我能讲什么呢？我突然想到了我的老祖父，他也算得上是个前辈商人哪，而我就是商人的后裔嘛，于是我就有了讲的胆气了。于是我讲了一段我老祖父的故事：他不会武功，没有枪支，敢领着一支船队闯乱世，临劫匪，是怎样的豪气？他是山里人，会走路，不善水，是旱鸭子，敢于披风斩浪过洞庭，下长江，是怎样的胆魄？他没有文化，却能做出大买卖，出入账目全在心底，是怎样的智慧？如此的豪迈与精明，我等后人实在不及，世间也是少见。他"会赚钱，不吹牛，讲义气"，是我崇拜的偶像。

有位商界成功人士，听了我的发言，喜欢这最后的三句话九个字，让我用毛笔写出来，装裱好挂在他豪华办公桌后面的墙上，试图作为座右铭。

旧梦长绕

你是谁带大的?

芸芸众生的回答大体接近:妈妈,奶奶,外婆,姨妈,姑妈等。很少有再往上溯的。而我却是老祖母带大的,我母亲生了六胎,成活五个,最小的比我小了十七岁。我们兄弟姊妹五个,都是老祖母一手带大的。

我老祖母只生了一个儿子,而我祖父却生了四个儿子,待到我父亲他们兄弟都长大成家后,按乡俗,是都要分家过日子的,有民谚道:树大生权,崽大分家。我老祖父母只有一个儿子,他俩的赡养,就要分摊给孙辈了。我父亲是长兄,要多挑点担子,负担我老祖母的生老病死。老祖父则由另外几个叔叔共同负担。

我母亲是小学教师,在我儿时的记忆里,我母亲总是不断地换学校教书,有时候一年换两个地方,因此在我们都小的时候,基本上是我母亲在哪里,我们就到哪里，老祖母也就跟到哪里。

老祖母包的小脚，所谓"三寸金莲"，她是在那个不幸的年代出生的不幸的女性。才几寸长的脚板，撑着一副身架，不堪重负，除了能在房子里走动干干家务，出门都很少。每逢学校放寒暑假，或换学校，我的叔父们便抬着一顶轿子，来接我老祖母回家，或换学校。我们兄弟姊妹几个，小的时候，老祖母抱着我们坐轿子。能走路了，便跟在老祖母的轿子后面走。我老祖母花了二十多年时间，跟着我母亲，在老家周边方圆二十几里地的若干小学校里，分别把我们带到十岁左右，一直到我们能够自己背着书包去读高小。小学分两个阶段，初小四年，高小两年，我母亲只是一个初小教师，我们在老祖母的昼夜监护下，在母亲的学校里，完成初小学业。

我生长的地方叫高坪，有一个圆形的墩落，几百亩稻田平展着，像一个坪，可能是因此而得名。周边是小山，小山后面的山略高，远处是大山，在任何地方抬头远望，都是峰峦叠嶂。房子都是傍山而建，这里的人们靠这一块良田养活，这是大家的饭碗，一直到现在，不管社会时兴什么，没人敢在这墩落中央盖房子，完好地保留着一块种庄稼的良田。

在我最初的印象中，塅落周边有三栋保留基本完好的青砖老屋，威武堂皇，宽大敞亮。而其他民居，就很寒碜了，墙体或是土砖，或是泥筑，或是竹篱，屋顶多盖茅草，少见瓦楞。最大的一栋，叫坪上，是我们彭姓的祖居，有上十只天井，百把间房子。其次是张家大屋，属张姓祖业，也有七八只天井。还有一栋叫敬宗堂，一字形的建筑，厅堂特别高，一排过去有四只天井，是彭氏祠堂，那个时代的家族公务场所。1949年后，祠堂职能的那一套不能使用了，敬宗堂便成了学校，我的高小两年就在这里就读。从建筑规模来看，高坪地方当年的望族应是彭张两姓。据我后来的了解，这彭张两族的辉煌，也只维持到民国初期，就开始衰败了。在我开始懂事时，我眼中的大宅院，有关牛关羊的，喂鸡养鸭的，有的墙角塌了，有的屋顶瓦破梁损，无力修复，便披着茅草。昔日暖房成了茅厕。天井里放着尿桶，雕梁上晾着红薯藤。当年我没有觉得这有什么不好，以为就该是这样的，不知道这是破败了的景象。我们在空旷的大堂中欢快地奔跑，躲在牛栏楼上的稻草堆里藏猫猫，集体站在天井旁，往天井里拉尿。

我老祖母就是张家后裔。她十几岁就以童养媳的身份嫁到彭家。我老祖母是从张家大屋的门楼里走上红轿的，而此时我老祖父他们这一个分支，已另择地盖房，不再住在坪上大屋。一直到我开始写这本书时，我从不以为我们这个家族与权贵有什么渊源。

就在开始写我老祖母时，才打电话问了问张家大屋我的一位初中同学，他也对他那过早没落的家族没什么了解，他只是依稀听说，我老祖母的同辈抑或上一辈，清末民初时有在外面当过县长的，后来被枪毙了。

我老祖母叫张娱贞，这也是一个很文气的名字，不是一般人可以取出来的。现在联系起我同学提供的信息，看来我老祖母的出身，多少有些来头。迄今为止，我不知大家闺秀应该是怎样的，就我这个家庭出身，是接触不到也看不到大家闺秀的，更没有要了解大家闺秀的必要。

现在回想起来，我老祖母的涵养和作为，就是大家闺秀。在我与我老祖母共同生活的二十多年中，从来没有看到过她发脾气骂人。这么一个庞大的家族，加上家境贫寒，文盲成群，有足够多令老人不满的地方，但就是看不到。我老祖母是这个大家庭中实质性的操盘手，但我从来没见她斥责过谁，哪怕是调皮的孩子。当然也有脸色难看的时候，那就是在我父母骂我们兄弟姊妹的时候，要是骂久了，动手打了，她的脸色就更难看了，她在一旁也不说话，就拉长了脸，放下手中活，站在一旁，像看戏一样，牢牢地看着这一幕，什么也不说，就这么看着，到了这种时候，我父母也会见好就收。

我们这一大家几十号人挤住在一个屋顶下，磕磕碰碰的事常有发生，小口角不会惊动我老祖母，如果被认定有升级的可能，便会有人去扶我老祖母过去说话，只要看到她来了，争执双方都会立马住嘴，或者是不想当着我老祖母的面理论了。我们这个屋场里住着六户人家，另外五家的矛盾调解任务，也都约定俗成推到我老祖母身上了，或有人上门来言说，或扶她过去调解。多少年来，还没有我老祖母调和不了的事情。非但本屋场，周边邻居的家长里短，也要请我老祖母来评说，我老祖母不会上门服务，就是有轿子接也不会去，可能是因行走不便，或是不想麻烦人家。我老祖母的调解才能，往往体现在未必要现场指点，也能平风息浪。我老祖母从来不在公众场合说什么，她的方法很单一，有人找上门来，便要关上门来，个对个交流，她永远是轻言细语，就是隔着一张薄薄的门板，也别想听到她在说什么，谁都愿意将不能讲的话对我老祖母讲，应该说她掌握着我们这个地方最大最多的个人隐私，但从她口里不会流出半句。她的信誉和处事能力，很多年后还传为佳话。自她过世后，高坪地方再也没有产生过她这样高明的说客。我老祖母是个文盲，她做不到"知书"，却是无师自通能"达理"，修炼到人情练达。

我老祖母被封建恶俗缚成小脚，一生行走艰难，除了被人抬着随我母亲去过老家周边的小学，一生中只出过一次远门，那是年轻的时候，坐轿子去过县城。据乡人说，那时我老祖父生意做得很好，名声不小，在县城置了业，有房产。事业有成后，便有了相好，抑或打算纳妾。乡人着急，设法动员我老祖母去县城制止事态的发展。原以为我老祖母会去县城大闹一场，或住在县城做太太不回来了。谁知我老祖母被人抬到县城后，看看我老祖父的产业，住一晚就匆匆回来了，一点脸色都没有，一句大话都没说，平静得如一潭深不见底的秋水。自从我老祖母去过一趟县城后，再也没有人议论和猜测我老祖父了。那时候，男人凡稍有家业者，无一不纳妾的。而我老祖父，陪伴了我老祖母一辈子，不是同年生，做到了同年死。

我母亲曾经对我说，老祖母为了我曾经差一点死了。那是1960年的冬天，全中国过苦日子的困难时期，我母亲在一个叫龙湾的小学校里教书，我就在这里接受启蒙教育。这年冬天，我母亲被安排到两百多里外的湘潭专署教育部门进修，老祖母带着我留校。两个月后我母亲回来，见我老祖母脸如白纸，浑身水肿，肿得连眼睛都睁不开了，皮肤已经没有了弹性，手指按下去一个坑，已无力复原。这是严重缺乏营养的表现，我们俩每天只能够吃一两米，我老祖母将这一小把米熬成粥，将渣子捞给我吃，自己仅喝点米汤，两个月粒米不进，油盐不沾，待我母亲回来，她已奄奄一息。我母亲赶忙付口信叫我祖父和父亲火速赶来救人，其时我祖父在百里外的虹桥供销社做鉴定茶叶的临时工，他走了一个通晚的山路，后来就凭他买来的半斤红砂糖，把老祖母从生死线上抢回来……这些我都记不住了，我记不起老祖母水肿后是个什么样子，也记不清当时我的家人慌乱到什么程度。

但有一件事情我记得清楚——我们这个小学校曾经是一间小庙，庙里的菩萨已被弄走，庙堂摆上课桌就成了教室，一条弯弯曲曲从远处淌来的小溪在庙旁流过，小溪上面有人家，上面的人家洗白菜时，时有扔掉的烂菜叶子顺着溪水流下来，我就蹲在溪边，等候着那些黄色的菜叶，我十分欣喜地等待着每一片菜叶的光临，我知道那些叶片是不能吃了，小心地撕掉叶片，留下叶茎，只要聚集了上十来片叶茎，我和我老祖母就可以当作一顿饭吃了。在我那个年纪，也不知道怎么就吃不饱了，就是懂世事的老祖母，也不知道国家发生了什么事，我们就心无怨言地让肚子饿着，想办法找点吃的，大家都是这么饿着，不只是我们，所以无怨。

有一天早上，老祖母说，今天是重阳节。我不知道重阳是什么意思，但知道凡节日，是一定有好东西吃的，比如过年、过端午、过中秋。我从老祖母的愁容里读出来，在这个节日里，她是实在没法给我做点好吃的了。于是我比往日更早就到溪边去等菜叶子。但是我眼睁睁地等到中午，也没有等到一片菜叶。天

43

阴沉得厉害，有麻麻小雨飘下来，老祖母叫我进屋去。这时我听到庙后面有响声，我走出后门，见上面有人叫我。小庙左靠小溪，右边有一个高齐屋顶的石磖，磖上住着十来户人家。叫我的声音从磖上一个窗户里传出来，我站在磖下，仰脸张望，磖上屋里有个女声叫我把衣服掇起来，我将罩衣下摆的两个衣角提起来，磖上就扔下来两团东西，于是我就闻到了一股香喷喷的酸菜叶子的味道，我的喉咙两侧就不由自主地开始运作口水。我欢天喜地地将拳头大的酸菜团子交到老祖母手里。1960年的重阳节，我们婆孙俩过了一个饱足的重阳节。

那时候农民被指定吃公共食堂，我估计学校磖上过重阳节的公共食堂，也只有酸菜团子吃了。我估计透过那个黑洞洞的窗口，那些在食堂做饭的妇女，也看到我天天在捡菜叶子，而在重阳节这天一无所获。于是，实在不忍心看着人民教师的儿子在重阳节这天饿肚子，而担着偷盗公共财产的风险，要扔给我们两个酸菜团子。我是属于记忆力较差的人，但这样的细节，几十年来，我记得很牢。我也曾想过要去寻找那位接济过我的妇人，但因一直在外面奔波，当我抽出了时间寻到旧地时，那里已是空无一人，小庙没有了，磡上的屋场也没有了……

按科学的说法，青菜叶子被开水泡过后，维生素已被消灭，没有什么营养价值了，但我现在的餐桌上，酸菜从来是常用菜，常常品味它，你就不会忘记曾经有过的珍贵。如果我们能够尊重最廉价的酸菜，也就基本上不会成为一个狂妄的人。

在我参加工作后的第七年，我老祖母离开了人世，非常遗憾的是我没有能力让她享到一个曾孙的福，我除了经常回去看看她，并给她一点钱，或者买点吃的，再也没有能力和办法表示敬意。我估计那个时代所有表白孝心的举动，也止于此。不像现在，随便就可以开个车拉着老人去吃点好吃的，或者旅游一番。其时我对于一辆单车的羡慕渴望度，远胜于现在满街跑的奔驰宝马。

在我老祖母谢世后，常在她身边的亲人告诉我：你给你老祖母的钱，她一双小脚，出不了门，用不了，从没花过一分，你晓得她都给了谁吗？都给你大叔了……

我大叔几岁就被过继给别人家了，他的生活状况比我祖父留下的几个儿子更差。本来过继了，就是别人家的人了，但我老祖母不这么看，她认为都是她的孙，谁最弱，便要帮谁。我很欣赏我老祖母的大度与胸襟，尽管我孝敬她的钱一分没花转手给了大叔父，尽管这点小钱也不能让大叔父一家八口走出困境，但我还是觉得她做得对，这种做派注定了她要受人敬重。

十二岁这年，我念完了四年初小、两年高小，我成了我们这个大家族的代表，准备创造家族历史，去投考初中。我母亲的最高学历是高小毕业，但她无缘考初中。尽管这件事对于家族来说，是一件大事喜事，但对于贫寒之族来说，就无大事和喜事了。赶考前夜，我对我老祖母说，我明天要起得早，到学校集中，统一去中学考试，叫我老祖母早点叫我，不能耽误了，要是耽误了，我就进不了考场。这事我告诉老祖母就行了，没有必要告诉其他人，其他人也没有心情和工夫关心这种事。不像现在，事关孩子未来的事，一家人至少有父母、爷爷奶奶、外公外婆围着团团转，千叮咛万嘱咐，如临大敌。

将我赶考当作大事的，只有我老祖母。她把我叫醒时，天还没亮，桌上已经摆好了饭菜，油灯点得特别亮。她默默地看着我吃好，塞给我一角钱，是中午的饭钱，我就匆匆出发了。登上灶房后的几级台阶，便见远处峰峦与天相接处，有了一抹细细的光亮。天亮了。但我们乡中的说法，这个亮还只是"毛毛亮"，毛毛亮可以看到脚下路的影子，却看不清路上的石头和横路的蛇。老祖母送我赶考，站在台阶上的她，还只是个黑影子。她不会说什么好好考之类的废话，她只是默默地给我送行。我走到两里外的学校时，教室里还只有两三个比我更早到的同学。我趴在课桌上又睡了一觉，迎来了真正的天亮，半轮红日挂在山巅上。我估计我老祖母一夜没睡，怕耽误我的大事，在坐等公鸡报晓。1965年，我们家还没有钟表，依赖公鸡打鸣。一直到1978年，我咬牙花了近四个月工资，买了一块上海手表，让我们这个家族破了不戴表纪录。其实我听惯了公鸡报晓，完全可以掌握好时间，大可不必如此奢侈。只是其时我都参加工作八年了，连个手表都戴不上，没有人相信你是个公职人员，女朋友也会找不到。

中学设在镇上，叫平江七中，离家十五里地，我们学校三十多个高小生列队步行赶考。只考语文数学两门功课。我的心思没有完全放在考试上，手不时去摸口袋里老祖母给我的一角钱，我计划好了，交完第二份考卷，便去镇上花这一角钱。我也打听好了，这一角钱能买四个糖包子，而糖包子则是我最初十二年的人生经验中，认为最好吃的食品，比吃肉都好。当我口袋里的纸币开始兴奋地跳跃时，我就交卷了。我是这个考场中第一个冲出教室的。当我冲到三百米外的镇街时，立马闻到了糖包子的香甜气息，我准确地找到了镇上唯一的餐饮店，这家店其时还只卖面卖包子，连一张像样的桌椅都没有。但是包子好吃。我从此记牢了这个叫作李四的包子师傅。后来的几十年间，也品尝过很多地方的糖包子，但几乎没有超过李四的手艺的。

那时候考初中比现在考大学难，近千学生参加考试，只录取两个班，录取率大概是8:1。这么低的录取率，老百姓也没有什么意见。考上了，高兴，也许今后能读出点名堂来，不再当农民了。没考上，也高兴，十几岁的孩子了，是一个劳动力了，那时候家家孩子多，户户生活不好，多一双手帮着干活，这是看得见的好处，农村里有几个孩子读出了名堂？我不知道我的家人怎么想，我所看到的是，我去参加考试前，没有谁叮咛嘱咐我要认真复习认真考。去考试时，老祖母送的我，考试完回家，还是老祖母接的我。

我读书不行，记忆力不好。记性好的同学，课文读一两遍就背出来了，我读十遍八遍还背不出。我在我们班上只是个中等成绩，但竟然榜上有名，我们这个校的录取率大约是7∶1。我成为我们这个庞大的家族中第一个考上初中的学子，但大家并不以为意，各自照样忙自己总也忙不完的活。依我的感觉，只有三个人是高兴的：一个是我；一个是我母亲，她是个好强的人，一个老师的儿子考不取中学，她会脸上无光；再就是我老祖母，当她看到我的录取通知书时，她在一旁揩着眼泪。我知道那是高兴的泪。我老祖母外表柔善，而内心坚强，从来不叫苦，不埋怨，不因伤心事而流泪。

我老祖母希望我能不像我父亲一样当农民，希望我通过读书离开乡村。

我1965年9月1日报到上初中，接受正规的课堂教育不到一年，1966年5月16日，全国开始搞"文革"，学之非学，校之不校，但是名义上，我还是来来去去、断断续续读了三年初中，两年高中。这五年期间的周末和寒暑假，基本上是跟着父亲，白天参加生产队的集体劳动，为家里拿工分，争取多分粮油、红薯、稻草等农作物。早晚干家里的事，种菜、砍柴、扯猪草。我母亲在外面教书，老祖母干不了重活，但要挑水、做饭、洗被帐、搞卫生、打草鞋……

我父亲做得苦，又当爹又当妈，没有享受过"日出而作，日入而息"的美好，从来就是天亮即出，天黑方归。我父亲出门干活前，必给我安排好这天早晨要干完的活，他让我老祖母转达给我。我那属于青春的最美妙的晨睡，都是老祖母给摇醒的，她总是伏在床边，轻轻地摇着我，也不说话，轻轻地无限愧疚地摇着。我被她摇醒后，发现她从不正眼看我。我醒了，她放下蚊帐，在外面转达一下我父亲的劳务安排，便转身离开了，她还是不愿正面看我。我没有埋怨，更不会发脾气说搅了我的好梦，因为父亲早已出门干活了，榜样在前，我还能说什么？但有时候来不及翻身下床，竟倒头又睡着了。过一会儿，老祖母又过来摇我，不叫醒不行，我父亲安排的那些活会干不完。待再一次叫醒我时，老祖母会叹一口气：哎，今后你要是像你二舅那样，就好了。老祖母不是一个说废话的人，而这句话不知重复了多少遍。我老祖母是我二舅的粉丝，我二舅能写会画，在县文化馆工作，不作田不种地，也没人催他清早起床干农活，多么美好的人生呵。

那时候，我最盼望的是雨雪天气，那样我就不必早起了，可以睡到天光完全洗亮窗棂。也不知是否受到那个时候的影响，喜看雨雪的嗜好，一直延续至今，凭窗看雨丝徐下、雪花乱舞，是无比享受的时光。

"文革"期间的学校，成了一个菜园子，可以随便出进，学生们可以回家去，也可以留校。有些没有受到政治冲击的老师，让有意学习的同学，去找点旧教材来，带着大家学；有学工学农的；有出外去革命圣地串联的；有写标语写大字报的；但更多的是回家务农去了。我不愿离开学校，基本上坚持到校，我选择了办学校的黑板报，抄写各种大字报，还应上面抽调，下乡在围墙上和山岩壁上写大幅标语。毛笔、排笔、扫帚一齐上。用扫帚蘸石灰水写一两个人高的黑体、宋体字，不必打草稿。书没法读，没有新课本发了，老师大多下放或回家务农了，没剩下几个人，而

51

有写不完的大字报，有用不完的纸笔墨，没有书香有墨香，让我同样感受到了学校的存在，我还是一个在学习着的学生。

在我十五岁号称初中毕业时，我父亲终于发现我在学校根本没有读书，而是成天写字，而且还写到家门口来了——其时农村普遍时兴做"忠字门"，就是在各家各户的大门头上，用石灰粉出个半圆，画上木刻式的毛主席侧面像，周边随半圆书写"敬祝毛主席万寿无疆"。大门两侧粉出对联形的长条，上面书写毛主席诗词中的句子"洞庭波涌连天雪，长岛人歌动地诗""春风杨柳万千条，六亿神州尽舜尧""虎踞龙盘今胜昔，天翻地覆慨而慷""四海翻腾云水怒，五洲震荡风雷激""金猴奋起千钧棒，玉宇澄清万里埃"等等。诗词是我二舅用毛笔行书写在纸上，我们用复写纸托着固定在墙上，按字勾线，然后填上红油漆。领袖像用墨汁画，周边的字也用红油漆。我带着两个助手，一个是比我大两岁的姨妈，一个是比我小几个月的表弟。他们在下面填油漆，我架一张梯子完成上面的活。在学校的墙报上，木刻版的领袖像画得多，熟练到信手就能在墙上一笔画出，不出误差。半圆形的九个字，左边几个不好写，要拖移桌子，为了省事，我就练习左右开弓的本领，原地不动，左手写左边几个字，右手写右边的，一气呵成，看不出不同。

在二十世纪六十年代，广大乡居，普遍还是泥砖或土筑的墙，屋顶大多是茅草，没有几栋瓦屋，墙上点缀上白底对联红色字，还有醒目的领袖像，很是喜庆，很是热闹，大家都喜欢。钱都是生产队出的，大家更喜欢。给我们的工本费是八角钱画写一个门头。老百姓家里是请过各种匠人的，没有请过我们这种匠人，尤其是我们这么小的匠人。凡叫我彭师傅的人，他自己都不好意思。

我父亲没有看过我的现场表演，但他是听到乡邻讲到我的手艺的，他们在夸耀我的同时，也给我父亲出歪主意：你家吃口这么多，起早摸黑干活，累得像条狗。儿子都这么大了，也能干，画个门头就赚八角，当得你在队上干四天。应该让他回来帮你了。都不读书了，只你家的还在外面混。

我父亲觉得这个说法在理，生了叫我休学的念头。但遭到了我老祖母的坚决反对，据我祖母讲，说从来不发脾气的老祖母，追着我父亲骂了大半天。说老祖母支持我的理由也坚挺，说读书同不读书就是不一样，说我二舅出息了，就是因为书读得好，说我是"外甥多像舅"，字也写得好，左右开弓，怎么可以不再上学了呢？

我老祖母是听到了乡邻夸我在墙上左右开弓写字的事，她逼着我父亲去附近村子里看我写的字。我想我父亲是看过我写的字的。只是我父亲内向，即使他觉得我写得好，也不会当面表扬我。

这个暑假，我书写"忠字门"分得了三十多块钱，我留下六块钱作为下个学期的生活费，菜和米是家里带去的，六块钱够用了。余下的，我全交给我母亲了。其他十五岁的孩子一分钱也赚不到，我一把交给家里相当于我母亲两个月的工资，我父亲也就不好说什么了。这样，我有幸还念了两年所谓的高中，课本都是从"文革"前的高中生手里借来的。

十二岁时，我离开老祖母到外地读书，每当我出门上学，我和我老祖母之间，会风雨无阻演出一幕离别剧——每当我拿上书包出门时，我老祖母必要送我一程。我家前门临河，后门通往山外，出后门，是一个一丈多高的土坎，挖了七八个台阶。我拉着我老祖母，慢慢迈上台阶，举目便见远处一抹青黛峰峦，中学就在青黛的深处。左边是家里的竹园，往前走，是一片油茶树，我老祖母便送我到竹园边，不再前行。她要目送着我拐过油茶林，看不见我的身影了，才往回走。当我消失在老祖母的视线时，我心里便要涌上一股难舍的滋味，尽管我知道我一个星期后又会回来，却总是觉得会很久看不见她。余下的步子我迈得会很快，我不敢回头看她，我怕我情绪失控。直到我拐过油茶林后，确认她是看不见我了，我才转过身，从茶树缝里看看她。这时她总是踮一踮小脚，手搭凉棚，遮住天光，确认看不见我了，才转身下坡进屋。这时我止不住鼻子发酸，眼泪就要掉下来，防止泪水往下掉的办法是赶紧张大嘴巴，大口呼气，但还是止不住泪眼模糊。后来参加工作了，一个星期不可能回来一次了，有时半年才能回一次，那时，我无论怎样做深呼吸，也止不住泪满眼眶。

　　一晃离别老祖母四十年了。四十年，一万多个夜晚，不知做过多少个与老祖母告别的梦，总是重复着一个同样的梦，所有细节，一点都不会变化。每临梦境，我清醒地知道：这是一个梦。尽管我总是试图以深呼吸的方式制止泪涌，结果仍是无效。

关于老祖母，我仅做过一个不同的梦，那是一个寒冷的冬夜，我远在三百里外的洞庭湖畔。我梦见我老祖母穿着一件单薄油腻的棉袄，瑟瑟发抖。我惊醒过来，再也睡不着了，一看手表，才凌晨四点多钟。其时家庭还没有电话，我坐等天亮，坐等上班时间的到来。我迫不及待给我一位亲戚打了个长途电话，让她迅速转告我父亲，赶紧到冥器店买些纸扎的"衣服"，到我老祖母坟前烧送给她。据说故人只有在清明节才能收到后人的"钱物"，尽管这不是清明节，但我坚信我老祖母能够收到。什么时候我们忘记了给老祖母烧送"衣服"呢？这种失误让我很多年后还心怀愧疚。以后的清明节，我们再也没有出这样的错了。

四

怡然若羽

论口福，我是很浅的，不抽烟，不喝酒，不嚼槟榔，不沾饮料。独喜茶。开始绿茶红茶不分，后来喜好红茶，各种红茶都喝，甚至存藏了不少普洱及黑茶等与红茶同性质的发酵茶。我怎么会迷上红茶？后来想想，恐是与我的祖父有关系。

我祖父是一个品茶鉴茶的高手。我的老家平江县历史上，有四大支柱产业：茶、麻、油、纸。山里植被好，雨水充沛，空气干净，出好茶。1949年后，各地设有供销社，其中有一个经营大项，是把山民手中的茶叶收上来，由县供销社茶叶公司统一销到没有好茶的外地，甚至国外。其时还没有做茶的茶厂，山民们自种自采自制茶叶，一条龙生产，将成品送到供销社。

中国饮茶历史长，茶叶品种多，制作工艺繁，茶的地位，已经不是蔬菜瓜果的档次，甚至不再停留于物质层面，被誉为"茶文化"，因而茶叶的价格优劣之距，以百倍论，近代更甚，好茶屡屡卖出天价。

茶叶出自千家万户，茶叶质量和制作水平千差万别，这就要求各供销社有鉴茶的专业人士，把茶看准了，既保护了国家利益，也保护了茶农利益。

我祖父就是一个茶叶鉴定人员，与共和国的供销社同生成。他的这个职业，我们这个地方叫作"看茶"，他是个看茶员。那时平江的红茶好，供销社也只收红茶。我很小的时候，就常去祖父收茶的供销社玩。收茶季节，供销社的空地上，到处堆满了茶，那时候还不会生产塑料袋，大都用竹篓和土棉布袋装着，茶香味弥漫在屋宇间不肯散去。现在我每闻到红茶香气，便要想到当年收茶旺季的盛况。

茶叶定价分九个级别：一级有甲乙丙三等，二级有甲乙丙三等，三级有甲乙丙三等。我祖父从茶农的棉布袋或篾织篓子里抓出半把茶来，摊平手，伸出两根手指，将茶叶翻开看，再看，置于鼻间细闻，再闻。然后就喊出一个等级来。山里的茶农也都是做茶世家，清楚自己的底细，也都知晓我祖父的本事，凡我祖父定的等级，一般是没有争议的。

也有人不服我祖父的定级，于是祖父便将有争议的茶叶取出一撮，分泡出几杯，请大家来品尝。在场送茶的茶农都是品茶高手，入口即知优劣。我祖父的裁决公道坚实，也就推不翻了，争议也就解决了——此法一般是我祖父初到一地时才用，一旦大家熟悉了我祖父的能力与公正，就没有话说了。

我祖父从不对家人谈茶，不以为"看茶"是一门本领，他这一门手艺，没有传给我们后人。是没有人愿意学，还是他不愿意教？不知道。

我祖父看茶三十多年，一直被安排在全县偏僻的供销社，最远的，从县城上班车，要走六七个小时。后来年纪大了，在一个叫"泥鳅湖"的地方待的时间比较长。这里离家里不算远，才十几里，但不好走，要经过一片水库，出进要坐人划的小船，一个人划，薄薄的两片木桨，船体轻，最多只能坐十个人，名曰"双飞燕"，虽叫"燕"，但走得只有鸭子那么快，翅膀如燕，身子是鸭，只几里水路，要走一个多小时，才到坝上。

水库是二十世纪五十年代修的，大坝离我家不到一里地。那时候我才几岁，我叔叔常带我去看修水库，我看到人像蚂蚁一样密密麻麻挤着挨着挑泥巴，花了两年工夫，才将大坝堆成山。看来这处有缘成为水库，历史上就有"湖"的称呼嘛。我祖父就在水库尾巴上的供销社做看茶员。他能够被安排到离家这么近的地方，主要还是要感谢当地的茶农，这里种茶品茶的历史长，是江西到长沙茶马古道的必经之地，茶农的眼睛刁，一般的看茶员很难服众，因而纠纷不断，唯我祖父能坐稳，上面也只好派我祖父来。

湖南作家叶蔚林在二十世纪六十年代写过一首歌，叫《挑担茶叶上北京》。那时候我祖父收的茶，是由茶农挑着送的，不送北京，送县城，山陡路窄，只能用肩膀挑，泥鳅湖通往县城的山间曲径，是茶农踩出来的。

送茶的挑夫拿着我祖父的条子，将茶送到县茶叶公司，我祖父半个月去县里对一次账单。我参加工作后，产茶的季节，每隔半个月，我祖父必来我这赶早饭，风雨无阻。那时候我们毛泽东思想文艺宣传队，主管首长是县武装部的副政委，给我们统一发服装，有军管的意味，凭餐票吃大甑饭，管饱。早晨食堂响起开餐铃时，我祖父已经在我这洗过脸、擦过汗了，这时他已经从泥鳅湖出发，沿着"茶马古道"，走完了四十多里山路。按正常的速度，他应该凌晨一点就出发。我祖父吃完早饭后，就去茶叶公司对账，对完账，到我这吃中饭，吃完饭，沿着"茶马古道"回泥鳅湖，走个两头黑。每隔半个月，我都很期待见到我祖父，我知道他这个早晨的这个时候会准时到，便准时到大门口去接他。如果我要下乡演出或外出，我会把餐票预先交给食堂师傅，大家也都认识我祖父。

其实我祖父大可不必半夜起床走个两头黑，他完全可以头天晚上回家住，第二天只要走三里路，就可以到乡上（人民公社）坐六角钱班车，大约十点钟就可以到县城。对完账，到我这吃中饭，坐下午的车回家，当天还可回泥鳅湖。这样，一天只走十来里路，很轻松了。但他选择了一天步行十多个小时。

我曾经问过这个问题：你这是出公差，车票可以报的，怎么不搭车？祖父说：只要走得动，走走也不要紧，公家的钱，也是钱，能省就省点。

我祖父担任看茶员几十年，几乎没有回家吃过团年饭。他工作的供销社，都是偏远的小地方，人员少，大家平时回家也少，都盼望着过年能回家团圆。但必须要留人值班看守公共财物啊，都想回家，留谁呢？没有争议的办法是轮流值班，一人守一个春节。如果是这样，四五年轮到一次，我祖父就可回家团聚了。但是我祖父主动揽下了每年过年的留守任务，那年头，还没有"奖金"和"加班补贴"等美妙的诱惑，他是在做义工。

我祖父没有退休年龄，只要供销社有需要，他就继续干。在他七十一岁的时候，他实在无法再走个两头黑去县上对账了，便回家了。他是临雇人员，回来了就回来了，两手空空就回来了。

不工作了，祖父可以和我们在一起吃团年饭了，这是很喜庆的事。但是我能看出来，他并没有多高兴，他习惯了为他人创造快乐，为公家看守财物，突然回家闲着，很不习惯。

我祖父是上上下下一致认可的顶尖级的鉴茶高手，拿最低的临时工工资，做最诚实的劳动者，居然几十年间，就没有人想过要给他转个正式工什么的。这种不公，我是不能多放在心里想的，想多了会上火，其时我已经具备了在县城工作十二年的资历，加上那两年开始发表小说了，认识我的人也多了起来，上面还给了我一个中国最小的官职之一——县文化馆副馆长。对于一个农民子弟来说，这些都是很大的资本了，于是人的胆子也就大了，也容易上火，上火其实也是好事，火烧到一定的温度，就叫作勇气。因勇气的壮胆，我就直接去找县供销社的一把手。我给他讲了我祖父的事。他说：这么多年了，怎么没见上报啊？是不是他本人没有要求啊？我没有回答这些过于功利的问题。我是写小说的，我就给他讲我祖父走个两头黑来县上对账的事；讲他几十年没有回家吃过团年饭的事；讲他看了几十年的茶被扫地出门连朋友乡亲都愤愤不平而他没有发泄过半句怨言……这些故事可能打动了领导，后来供销社批准每月发给我祖父一份钱，叫工资还是叫补贴？虽说不明不白，也顾不上那么多了，只要我祖父的价值被认可了就好。

　　这年我开始动手写小说《那山　那人　那狗》，在写小说中的老乡邮员时，我祖父就自然而然走进了小说主人公的生活，成为他的灵魂，我祖父就是这样的人，一点也不用虚构加工。

在我祖父二三十岁的时候，我们家的生活状况不错，"顺生里"红火了很多年。当年我们这一带的百姓去省府长沙，必经我家门口，再上泥鳅湖，翻几架山，便到了长沙属地金井镇，从金井再往长沙，就是一片坦途了，这条路是我老祖父常走的古官道。我祖父年轻时，肯定跟随他父亲跑过江湖，他们在家门口古官道旁开路边店，是有商业眼光的。尽管我家在中华人民共和国成立前十几年就没落了，但当年店铺的木质柜台和隔墙，还一直保存和使用了二十多年。"顺生里"曾经做过茶叶生意，看来我祖父学品茶，是有渊源的。

我家堂屋里供的菩萨叫"药王菩萨"。我还只有六七岁的时候，只要在老家住，起床后的第一件事，便是点香敬奉药王菩萨。神龛安得高，下面摆了个梯子，有五级，刚开始我还小，要爬到第五级才能够把香插到菩萨鼻子底下。后来随着年龄增长，慢慢降级。我敬菩萨很虔诚，作揖的姿势也很标准。我老祖母说：对神明要恭敬，他们的眼睛在天上，你敬了菩萨，会保佑你今后会读书，出远门。我相信我老祖母说的话。我非常积极虔诚地揽下上香作揖的活，有

　　明显的私欲，相信谁敬得多、谁虔诚，以后得到菩萨保佑的会越多，也就是现在说的福报。那时候，乡间的孩子，不管多调皮多没文化，都不敢嬉戏和有辱神明。乡间各处设有土地庙、神方庙等各级神界领导的属地，我们每经此地，有如见到严厉的长者，总是低着头默默而过。在野外撒尿，要张眼看看，附近是否有神庙和神树，如有，是不敢朝那个方向排泄的。

　　我家敬奉的药王菩萨，就是孙思邈，但我的家人们只知道药王，不知道药王就是孙思邈。我家为什么要敬药王？因为我祖父和我父亲，都学了接骨疗伤的手艺。

　　小时候，我常见有地方上摔伤了或是关节脱臼的人，来请我祖父治疗。治疗的程序是先烧香秉烛敬药王菩萨，要盛一碗冷水于香案上，拜过后，取下水，伸出右手的食指和中指，在碗上画着字，叫作"画符"，画过后，这水就叫作"符水"，被注入了法术。接下来，我祖父让伤者喝一口符水，让他露出伤处。然后他自己也喝一口，一鼓气，将符水朝患者伤处喷去，这时伤者一般会叫起来，误以为动手接骨了。真实这是心理战，先虚晃一枪。接着我祖父满脸带笑，轻轻地用手指这里摸摸，那里摸摸，甚至故意不触及伤处，趁伤者放松警惕后，我祖父会迅猛发力，一掌或一脚击在伤处，脱臼的手或脚，就在一瞬间给推复原位。我祖父让患者喝掉剩下的符水，就可走人去干活了。

我经常见我祖父和父亲给人治伤，却从来不见收钱。用我祖母的话说：他们这本事学了没屁用，给钱不要，家里还要倒贴茶叶。

敬奉着药王菩萨的堂屋，既是疗伤的地方，也是读书的地方。泥鳅湖有个叫桃花冲的地方，民国时期出了个人物，不大也不小，在外省当过国民政府的县长，据说只当一两年就解放了，好在他任内还来不及做坏事，没有民愤，留下了一条性命，但还是被批斗他的人打断了一条腿，被儿子接回了桃花冲。此人叫汤守贞，是一个书生的名字。我祖父见这么一个人才，闲着也是闲着，便请他住到我家来教私塾。其时还有读不起新学的，连课本都买不起，但家长还是想孩子开开眼，私塾便填补了这个空白。私塾先生的吃住都是大家管的，东家送升米，西家送把菜，手头好的送碗油，力气足的送担柴，就对付过来了。近水楼台先得月，我读高小的两年间，星期天和寒暑假，便跟汤守贞学写毛笔字。他教写字很严格，要我们在握笔的手心里，夹一个鸡蛋，如果开写时，鸡蛋掉了，便要挨尺子抽手。先生手里总是拿着一把竹篾做的尺子，尺把长，边讲学边晃着尺子，像音乐指挥家手里的指挥棒。要是哪个学生不听话，尺子就敲下去了。我至今没有弄清楚：握笔让手心空着，有什么讲究。汤先生还主张：书写时，毛笔要抓紧。大家在写字时，他就在旁边巡视，有时猛地从后面抽学生的笔杆，如果握得不紧，笔被抽走，戒尺不由分说，就抽下去了。那时候孩子被先生打了，大人普遍没有意见，有的家长还当着孩子的面说，不听话就要求老师打。关于戒尺的崇高地位，我很小就会念那几句话：此是南山竹，不打书不熟。父母爱其子，何必莫来读。

我知道先生就住在我家，怎么也不会打我，但我还是认真把功课做足了，两年的业余时间，算是捏稳了笔，临了颜真卿、柳公权。还认了不少繁体字。

一晚星光灿烂，十余众本屋老少在院子里乘凉，先生突然当众考我，问繁体的桥字怎么写？我随手捡了个小石子，在泥地上，信手写了个"桥"字。先生满意地拍了拍我的头。他这也算是一个工作汇报，说明他没有在这里白干活。

我家最好的一间房子，给先生住，是靠堂屋的这一间，是昔日"顺生里"的铺面，出门就是教室。堂屋只能靠一边坐十来个学生，要留出一个通道来，有五六户人家要由此出进，挑水啊，担柴啊，赶牛啊，川流不息。鸡、鸭、狗、猫，就在学生们的胯裆下乱穿。有时候还要留出地方来给乡人疗伤接骨。但这一切并不影响学习。汤守贞教了不少穷学生，私塾散后的几十年，每逢忧喜二事，方圆十几里会写毛笔字、能按古法主持礼仪应酬的，几乎都是他的学生。

自"文革"开始，私塾属"破四旧"的范围，一夜之间全部取缔，汤守贞被接回老家桃花冲，从此没再出门。后来我随我父亲去山里砍柴，每次都要去看看他，每见到他的惨状，都要难受半天，他那个高度近视连走路都看不见的儿子，自身难保，实在是无法伺候瘫痪在床的老父亲了。我父亲每次去都要带一些吃的用的，但这些无异于是杯水车薪……

我祖父工作的地方，离桃花冲近，翻过一个山头就到。我祖父经常去看汤守贞，他的草药，有效地保护了卧床几年的先生没有生褥疮。一个当过县长的书生，不管时世如何待他，活得如何窝囊，他仍是我祖父的偶像。

我祖父对人忠诚，对事同样忠诚，不但过年不回家，平时也很少回家，他没有星期天，有事要回，也是摸黑回，第二天清早就去供销社了，他成了二十四小时值班的义务门卫。凡是他工作过的地方，没有人不留恋他。我小的时候，最想去的是外婆家。长大后，最想的就是去看我祖父。读中学时，只要得闲，我就要去看他，以后参加了工作，每回家来，也是迫不及待想去见他。我每去，他便要把床底下的陶泥火炉拖出来，放几块木炭，点燃。除了食堂打来的饭菜，他还要给我加一个菜，还一定要我陪他喝一小杯谷酒，他的床下，有一只不小的坛子，里面泡的是药酒，药是他从山上挖下来的，他是伤科郎中，寻找制作中草药是他的本行。他和我都不善喝，一杯酒就可把脸染红。我们之间也没有多少话要说的，就这么相依着，无声胜有声。我盼着去见他，他也很想见我。当我们在一起的时候，他在我心目中已经不是长辈了，他也没把我当孙子看，而是很好的朋友见了面的那种感受。我每每离开，他无论手上的事有多忙，也要送我一程。也没什么说的，更没有长辈对晚辈的叮嘱。我不知道他看着慢慢长大，然后在县上吃了"皇粮"有了工作的孙子，是怎样的感受。他不是情感外露的人，但我可以看出来他内心的高兴。供销社煮饭做菜的临时工阿姨曾对我说：每回你走后，他一个人要偷着笑两三天。

后来我的女儿出生了，我祖父升级了，荣升为老祖父了，看到第四代了，我祖父祖母多次说他们想带带我的女儿，过一过做老祖父母的瘾。我理解他们的感受，我女儿三岁时，我把她送到了我祖父祖母手中，我祖父不知道要怎样款待让他有面子的曾孙女才好，便让叔父背着我女儿，不敢坐船，沿着水库边上慢慢走，看看山上的树啊，花草啊，小溪啊，然后是去敬菩萨。附近山上有座"杨泗庙"，几百年的老庙，方圆百里的人都来敬的，我祖父备下一应祭品，请杨菩萨享用，祈求菩萨保佑我女儿。"公疼头孙"的原始情愫，世代传承，深刻在国人脑海中无可替代。

　　当我手头稍宽裕点后，我把我父母亲接到县里来住。但我父亲作为长子，他却没能力接他的父母一起来县里住。他们兄弟自然分工：我父亲乡下的房子，留给祖父祖母住，留在乡下的几个弟弟，看守老人。凡是祖父母生活中要用的钱，则由我父亲这一房出。我父亲没有钱，我是他的长子，归我出，这基本上是乡间赡养老人的规矩。我祖父祖母的晚年不算好，都是久病缠身，我几乎每个月都要回一趟老家，到村上的医生和药店里结一次账。

　　自我父母亲到县里来跟我们过日子后，每年我们都要接祖父祖母来县里过年。那时候只有书记县长才有小车坐，我祖父祖母只能够坐客班车来我这里过年，我叔叔他们负责送上车，我们到县汽车站接站。

　　我一连五年接祖父祖母到县里过年。第一年我接到我祖父，见他脸色难看，问他是不是晕车？我祖母快言快语：身上的钱被人扒走了。这时的祖父，已没有过去疗伤接骨的身手了，就是看到扒手的手伸进他的贴身口袋，他也无力自卫。而且依他的性情，他也不会抗争，不会大叫。我问祖父，被扒走多少钱？祖父说：三十五块。我一进门便给了他三十五块钱，填了那个洞。那时三十五块也不算少，相当于我半个月工资。

祖父将钱深深地塞进棉袄的内口袋，脸上就有了血色。我祖父来我这过完第五个年，我就调到外地工作了。五次来过年，他被扒了四次。我每次依数给他补上。我觉得用这种方法驱走他的沮丧，比给他钱花，更重要。我很乐意我能给予他一点什么。我祖父不找其他晚辈要钱要物，却是经常悄悄地找我，要的也极少，零钱哪，粮票哪，冰糖哪，肥皂哪，等等。我必会愉快地满足他，而且不会对任何人说，而这也正是他所希望的。他最后一次让我给他买东西时，他已经很虚弱了，几乎不能下地走动了，他要我买点红参给他。人参是提气的补药，他懂药，他指望吃点人参，能够帮助他动起来。我当时跑到中药铺，掏光了身上的钱，买了一大把红参，放在他的枕头边，他当即就拿一根，放在嘴里慢慢嚼。

我的一个婶婶把我拉出门，责怪我不该买这么多的人参，说应该让祖父自然而然去，帮他吊着一口气，只是害了他。但我不这么想，我会满足祖父的任何要求，何况风烛残年的他，也没有多少要求了。

可能这把红参让我祖父多活了几天，但还是无法救下他。这是我最后一次给他买东西……

在我看来，我祖父更多的成分是我的朋友，作为长辈，他从没有给过我难看的脸色，也没有以长辈身份进行谆谆教诲，从来就不问学习好吗成绩好吗工作好吗之类的废话。他相信我，在我很小的时候就相信我。他从来就不以为他比我高明，因为，我是他的孙子。

我祖父只是在我正式参加工作时，说过一句近乎训诫或警句之类的话。那天我回老家并去泥鳅湖，告知我吃上"皇粮"的喜讯。这天我祖父给我加了两个菜，平时他只喝一小杯酒，这天他喝了三小杯。

他送我回家时，对我说了一句话：要记住，人一辈子，真心朋友是很少的。

我祖父一生广结善缘，吃亏克己，不曾说过任何人一句坏话，也没有人说过他一句坏话，怎么会对我说这样的话呢？这话当时我没有听懂，也没有问他这是什么意思。但我的第一感觉：祖父这话有锋芒。一个没有锋芒的人，在我将要独自远行走向广阔天地的这么一个时刻，说出这般有锋芒的话，肯定不是一般的话，一定是能够使我受用的金玉良言。尽管我一时费解，但我记下了，而且经常拿出来琢磨。我坚信我祖父郑重其事送给我的礼物，不是一般的礼物。

很多年后，偶回乡去，也断断续续听到乡党谈到我祖父，才知道我祖父长年在外奔波，没有赚出几个钱养家，而他的酒坛子，倒是从来不断酒的，乡上村上有些掌事的，有事没事就去他那喝酒吃肉，他那点微薄收入，基本上用于待客。而这些酒肉朋友，又帮到我祖父什么呢？我们家原本是有一块宅基地的，足可以保证我祖父的几个儿子日后有地方盖房，但如同酒肉一样，轻而易举被来这喝酒的人拿走了，以至于儿子分家后，很久谋不到能够盖房的地方……而我当年参加工作，曾经历过不少阻挠，上面派出十几批人下来盖章办手续，都被以各种借口拒之门外。阻挠的人，就是经常泡在我祖父那喝酒的人……

但尽管如此，我祖父的酒坛子，还是继续对他明明看破了的人打开。他告诫我不要像他那样无原则地待人，而他自己又没有勇气改变自己。

这就是我的祖父。

五

天宽地阔

　　按现在的惯例，祖母是用来带孙子的，祖母和外婆，基本上都钉在看守孙辈的岗位上。

　　但我的祖母没有带过我，不是她不愿意，而是她做不到，我出生的时候，我祖母最小的儿子才四岁，倒数第二个才七岁，倒数第三个也只有十一岁，她是心有余而力不足，不能在关键时候，尽一个祖母的责任和义务。

　　我祖母生了十二胎，成活了七个，人生中最好的时期，就是用来不停地生育。当然我祖母也没有怨言，乡中妇人生十胎八胎的多的是，所谓"习以为常"，真是一个让人自宽自解的好词。因为我祖父长期在外做临时工，很少回家，我祖母不可推托男活女工一肩挑：伺奉老的、拉扯小的、做饭、喂猪、织布、纺纱、种菜、砍柴、挑水、洗衣……天光起床，夜半熄灯，才勉强可以把穷事理清。幸好我祖母是个快活的人，手脚麻利，快言快语，心态平和，从不言苦，夜歌山歌都唱得好，一边哼着各种小调，于不觉中就完成了种种活计，不然，日子就难熬了，筋骨就酸痛了，精神就崩溃了。

维持我祖母一年三百六十五天像陀螺一样不停不歇地转的能量是什么呢？我的总结是：会打瞌睡。

我祖母打瞌睡的本领在地方上很有名，她要是干活干得实在支撑不了，能够靠着墙睡，坐在椅子上睡，与人说着话，一句话没说完，一低头就睡着了。关于她瞌睡的典型段子有两个：一个是曾经在一个春光明媚、桃花太阳晒死猫的时节，她去自家坡地里摘春茶。当太阳当顶时，一家老老少少七八口回来吃中饭，而家里却还是冷火寂烟。有人发现茶篓子不见了，估计是上山摘茶叶去了，便去后山坡上找人，发现她倒在茶垄里面带笑容正做着好梦，睡得正香，茶篓子里空空如也。暖风吹拂，遍野寂静，正是好睡觉的时光啊，谁知一倒下去便醒不过来。第二个故事，我祖母还有一边干活一边瞌睡的本领。我们山地田少地多，地里主要是栽红薯，红薯的好处是人吃根茎，猪吃藤，一身都有用。深秋挖薯时，将薯藤扎成把，悬于梁上阴干，勤劳人家的象征是能够挂满一屋檐的红薯藤，可供猪吃到来年，这是最好的猪饲料，那时候商店里还没有饲料卖，只能自备。待要煮猪潲时，根据猪的数量，取下来几把，用铡刀铡成寸把长，煮烂给猪吃。家家有专用铡刀，铡薯藤时，一脚踩牢两尺高的铡刀凳，左手抓住两三丈长的干红薯藤，往刀口送，右手提刀按下，"咔嚓"一声，齐齐掉进盆里，再送，再铡，这种清脆均匀的声音，荡漾在每个农户的庭院里。铡完一把薯藤要七八分钟，一个农妇每天用于铡猪草的时间，在一个小时左右。

我祖母没上过学，几岁开始铡猪草，久而久之，练出一手好功夫，就像一个人用筷子夹着食物伸进嘴里，牙齿和舌头会天然咬合咀嚼，无需再要大脑指挥。她可以一边铡薯藤一边打瞌睡，左手将薯藤送入刀口寸许，右手的利刀当即落下，丝毫不必担心刀会伤手。待到手中这一把红薯藤铡完了，第六神经会提醒她：刀口已无物。于是自然醒，抓起另一把红薯藤，塞进刀口。刀响起，睡继续。疲乏于此空隙中悄悄消解，蓄了精神，好投身没完没了的活。

因为祖母善睡的遗传，令我等后人受益匪浅，迄今为止，流淌着我祖母血液的后裔已逾百人，好像还没有发现谁患过失眠症。当然最会睡的，还是她亲生的七个子女，给我印象最深的是每逢年过节，我的叔叔姑姑们齐聚一堂，来陪父母。平时大家也累，无不是拖娘带崽一大屋，好不易年节一聚，我祖母不让他们帮忙，要做一顿饭给他们吃。就在这不长的等饭吃的时候，闲着无事的兄弟姊妹几个，几乎来不及聊几句家常话，便争分夺秒坐在椅子上，歪着脑壳睡成一片，不同之处，只是脑袋偏侧的方向不一样。他们都像我祖母，均具备站着坐着都能入睡的本事。

我有一个叔父更优秀，晚上与同伴去十里八里外的乡间看戏看电影，夜半回家，已是疲惫不堪，他居然练成了一边走路一边瞌睡的本领，但有一个条件，他不能领先也不能断后，必须居中，只要前后响着脚步声，他就会睡得安稳，前面的脚步上坡，他可跟着高抬脚步。碰到缺口，前面跳越，他也能用同样的尺度随着跳跃。待到没有了脚步声，他也就自然醒，明白这是结束行程了。

因遗传有了些疏远，到了我们这一辈，打瞌睡的能力，就不如前辈了，但也还是不错的。二十世纪八十年代前，从平江县到长沙的公路，还是一条泥沙路，弯多坑密，才百多公里，客班车要走五六个小时，我对付一路颠簸、尘土飞扬的办法，就是睡觉，一上车，摇晃一阵，便有了儿时坐摇篮的感觉，将双臂伏在前排的靠背上，额头贴紧腕肘，屁股抵牢座位靠背，这俨然就是一张理想的床，即刻便昏昏睡去。有了充分的睡眠，舟车劳顿被梦境悄然消解，下车后即可精神抖擞干活，由此练就了一身善坐睡的本领。以后我赴全国各地参加文学笔会，因乘不起飞机，睡不起火车卧铺，只能坐慢车硬座，十几二十几个小时的行程，也不觉时间长，在半睡半醒间就打发了。火车比汽车稳，灰尘少，头可往后靠，比坐汽车享受，往往还窃以为喜。

后来我总结我祖母之所以善睡，主要是因为她不往心里搁事，以我家乡的说法，叫作"不操心"。如果一个人连走路都低着头皱着眉想事，不时唉声叹气，甚至碰到人都视而不见，我们说他"心事重"。如果一个人整天坐着发呆，我们说他"心事多"。如果一个人什么事都爱打听，什么话题都插嘴，我们说他"操空心"。这样的人，一般都是睡眠不好的。我祖母累了，也会埋怨生活苦，但倒头睡一阵，怨气就睡没了，继续干活。家里没米下锅了，她不会像别的女人那样骂丈夫没用，而是马上抄只盘子找人借。凡乡邻来借米，不管自家有没有，她就让人家直接去米桶里挖，很多时候，最后一把米被人家借走，而自家又没米下锅了。她也不恼，又出去借。

我祖母心直口快，爱与人聊天，但凡事懒得去分析对与错，因而经常发生信谣传谣的事，常有人上门来找麻烦，也常发生争吵对骂。骂完了，骂累了，只要摸到床，睡一觉，什么都忘了。第二天，碰到对骂的对手，见人家气呼呼地躲她，她要赶上去，关心地问：家里出了什么事啊？

忘事这么快，弄得人家哭笑不得。

二十世纪五六十年代，乡间最普遍的偷盗事件是蔬菜瓜果被"顺手牵羊"，我祖母最伤心的事是她辛苦种植培育长大的瓜被人偷。在那个主粮不足瓜菜代的时代，人们无不用心经营着自留地上的瓜菜，眼巴巴地盼望它们快快长大，好当得一顿饭吃。

每年的清明前后，我们就开始在田头地角房前屋后泥土厚的地方，开始挖瓜凼，往瓜凼里埋入猪粪便，下足了底肥，瓜才结得多。待瓜秧长到几寸高，将其移栽其中，随着天气渐暖，瓜苗在人们的眼皮子下面长得飞快，农人清早起来，大都忙菜园活，很快就要出集体工了，这段时间，正好弄弄私家菜园子，这活只能早晚偷偷摸摸干，叫作"资本主义"。眼见得瓜开花了，很快花谢，结成小瓜。瓜稍长大些，人们就要考虑一个重要问题：假如这瓜被过路的"三只手"偷走了，怎么办？也没有什么预防的好办法，人们普遍使用了近乎掩耳盗铃的办法，只是扯一把草或折一把树枝，将刚长起来的瓜遮盖起来。尽管这样，在饥饿时代，想收获全部果实是做不到的，劳动者能得一半，只被他人拿走一半已是大幸。眼看着寸寸节节长大的瓜被盗，有多伤心是不用说的，尤其是妇女。我祖母是心里有气必马上宣泄的，一分钟都忍不住，见自己辛苦养育的瓜一夜之间只剩下一个瓜蒂，不禁怒上心头，脱口便要大骂起来。有时候骂还难泄心头恨，便去厨房里搬出砧板，手握菜刀，用刀在砧板上狠狠地砍，砍一刀，骂一句，就如是砍在贼的手上，据说这种"配音咒"是乡下骂人最毒最狠的，大有让小偷下次不敢再下手的功效。当然，前提应该是都能吃得饱。

骂久了，乡邻们也听烦了，有人便来提醒我祖母：喂，猪不喂了啊？要是猪饿狠了，跳出栏来，看谁帮你去找……你看你看你那块砧板，快要砍烂了……

经人提醒，我祖母立马就打住了，想到这猪一饿，就会跳出来去外面找吃的，一旦跑了，就是几个人去捉，也捉不回来……这瓜丢了也就丢了，就是砧板砍烂了，瓜也不会自己走回来……

一旦心事转移了，就不再计较丢瓜的事。但如果来年又丢了瓜，照样会重复如此的表演，当然照样也会接受乡邻的婉转分心。她是个阴也快，晴也快的人。

我小的时候，祖母叫我做什么，我都高兴，因为她总是叫我干有趣的事。我有两个叔叔都只比我大几岁，待到了他们可以谈婚事的年纪，地方上的职业媒婆就上门了，不断地来向我祖母介绍对象，媒婆手上掌握着很多资源。二十世纪六七十年代，媒婆如果介绍成功，报酬不少：一个猪头，一把洋伞，一双布鞋，这叫作"谢媒"。做媒的职业跑路多，容易烂鞋，下雨也要走动，用伞的时候多，所以要赠送最适用的礼物。一个猪头就不能小看了，那时候过年有一个猪头吃，就是很富裕的人家了。

媒婆的工作就是带着男孩给女方看，带着女孩给男方看，叫作"看亲"。看亲的这天，亲属和走得近的邻居，都要被邀请来参加观看，并发表看法。每逢有媒婆带着姑娘来看我叔叔，我祖母只热衷于一件事，就是唆使以我为首的几个小孩子，装作追追打打，冲到被看的姑娘身边，而且一定要把头从姑娘的腋下钻过去，待到了腋下，一定要深深地吸一鼻子，闻一闻此女是否有狐臭。如果我们汇报说没有狐臭，我祖母便干活去了。她是不能一本正经坐着陪客的，只要一静下来，便会打瞌睡。待到家人征求她的意见，她说只要没有狐臭就行。

后来我读中学了，个头高了，当然不会再往姑娘腋下钻了。有一次放学回家，正好碰上邻居家在看一个姑娘，有人叫我去找我祖母来坐坐，要听听她的意见。祖母在河里洗衣服，我去叫她，她上来象征性地看看，又下河了。一会儿客走人散，邻居来征求我祖母的意见。祖母说：我看蛮好啊。邻居说：好在哪里？祖母说：屁股大啊。邻居问：屁股大怎么好？祖母说：屁股大好生崽。

我祖母的审美观很概括、很直接，只看一个人的优点，不看缺点，只认强项，忽略其余，一个大屁股就足以说服她。小时候受祖母审美观的影响，以至于后来我也认为：没狐臭、屁股大，就是美女的重要标志。以至于几十年来一直至今，我是不看时装秀之类的节目的，因为那些干巴巴没屁股的时装模特，不具备我祖母讲的美，我亦觉得难看。

当年媒婆将我的小姑妈介绍到泥鳅湖的山里时，包括我母亲在内的很多亲人持反对态度，因为其时山里田土少，生活比我们塅里苦，只有山里妹子往塅里跑的，没有塅里妹子愿去山里的，所以山里单身男子多，人口逐年下降，这种现象一直持续至今。家里人都不愿小姑去过苦日子。

山里其时唯一的长处是草木丰茂，不缺柴烧。在那个看不到煤更不知天然气为何物的时代，人们做饭烧水，全依仗柴草，我家周边的山头，早已被砍柴刀剃成了光头。每逢天晴，成群结队的塅里人，敲着扦担，唱着革命歌曲，往山里进发，不少人要跑几十里地。烧柴问题，成为所有塅里人最大的生存难题。我家人口多，烧的也多，祖父长年不在家，只要天气一放晴，我祖母便赶着一堆子女上山砍柴，方可勉强维持灶里能冒烟。当媒人对我祖母说泥鳅湖山里有个小伙子不错时，我祖母马上答应下来：好啊好啊，泥鳅湖有柴烧啊。没柴烧的日子让我祖母伤透了脑筋，她真不愿小闺女今后再受这个苦，她才不管那个山里小伙子怎么样，只要有柴烧就行。因我祖母表了态，其他亲人反对也没有什么用。我小姑在"文革"开始前几年出嫁，那时候，新娘都坐红轿，送亲的队伍由我老祖父、堂叔祖父（祖父不能去，有乡俗：父不送女。便请我祖父的堂兄弟代表这一代人）、父亲和我四代人组成，每一代人去一个代表。我们这支队伍伴着红轿走，在乡间很醒目，四代同堂送亲的景观少有，深受乡邻羡慕。

为了使我小姑今后有柴烧，小姑嫁到了有柴烧的地方，我们家也就不缺柴烧了，我们可以住到小姑家，将砍下来的生柴放在她家，待干透了，再去挑，一百斤，只剩五六十斤，就轻松多了，可以少费很多时间。我祖母认为她做了一件有水平的事。

　　为了柴，我小姑嫁到了山里，因为柴，也误了我小姑的人生。我小姑夫是过继到这户人家的，他有三个妹妹，均在二三十岁死于肺结核，这是这户人家的家族病。我小姑因与这家人住在同一个屋顶下，未能幸免被传染，三十多岁也死于肺结核。这事让我祖母恨自己恨了很多年，怎么只考虑人家有柴烧而不去了解人家的传染病呢？以后的几十年，每谈到小姑，我祖母必号啕大哭。其实也只怪这家人没钱治病，也怪不得我祖母贪图柴草。但她不这么看，她认为是她贪柴而害了女儿。

　　这以后我祖母痴迷于请算命先生给家人算命。那时候我们乡间，经常响起两种清脆的铜铃声，一种是卖老鼠药的，卖老鼠药不能喊出声来，据说若是喊明了，聪明的老鼠会听得见，它们就会小心了，人在这方面斗不过老鼠，只能采用心照不宣的铃声。另一种铜铃声响起，表示有算命先生来了。我祖母只要听到这种铃声，必放下手中活计，要将先生请进屋。如手头不空，便要让我们小孩子去把先生牵进来。大多数先生会一边摇铃一边做广告：农田越种越有谷，八字越算越有福。测字占卦算八字啊！我祖母还将我小姑的早亡，归结于没有给她算八字，如果算了，就不会嫁到山里去了，算多了，便会有福。于是要多给家人算八字。我祖母记忆力不好，但她记得住亲人们的生庚时辰，尤其是我们这些孩子的。

先生进屋了，我祖母泡上茶，请先生开算，我祖母一般报上被算者的生庚时辰，先生刚开讲，她头一歪就睡着了。先生算了一会儿，见没了动静，便问：听清楚了吗？我祖母会立马醒来，答：听清了。一倒头又睡了。也有不睡的时候，那是手头事多，便交待好先生：你慢慢算啊，我喂猪去了。或者说：我去菜园子里了。说罢交上算命的费用，走了。我们都被我祖母算过若干次。她只说给我们算过命了。问算了好不好？她说不知道。她只重过程，不重结果。信奉心有虔诚，必有福报。

我祖母饭菜做得好，尤其能将蔬菜、瓜果、豆类，做成各种零食。好到什么程度？也说不清。好到她的众多女儿、儿媳妇乃至孙辈女性，至今还无一人超过她的手艺。她房里楼上的柜子和坛坛罐罐，是我们小时候最爱翻的地方，她做的食品，无处藏身，拿走了也就拿走了，她有时也装模作样骂几句，但是谁都知道那是假骂。

我女儿虽出生在城里，但从小就爱吃她做的杨梅饼，那是她从山上摘下来的野杨梅，再拌以紫苏等多种佐料，让我女儿每年都享受她的手艺。我祖母七十岁了还要上山弄杨梅，为的是满足她的长曾孙女的嗜好。

我读中学时，我的叔叔们都成家分户过日子了，我祖母总算有了清闲，她不想跟他们过，自己一个人做点吃的。她知道我在学校里吃不饱，差不多每个周末，要叫我去她那吃一顿饭，说吃一顿实在是夸张，她就在火塘上支个铁架子，用瓦钵子煮一钵混菜，一餐饭，就这一道菜。我们乡下称这种吃法叫"和菜"，这是我吃到的最好的和菜，好到连最后一口汤都喝下去。以后的几十年间，也常有我一人在家的时候，这时我就学我祖母的，做一道"和菜"，以此纪念她，也让自己享受。其实属于一个人的享受，是不必多的，也不必名贵。

我祖母的孙子孙女外孙外孙女有几十个，凭她的能力以及晚年的体力，是不能让大家都享受到独家"和菜"招待的，我想她对我这个长孙的期望会多一些，尽管她不知道具体应该期望我能怎样。

　　当我在县城成了家并且具备了一定的接待能力时，便要接我祖母来城里看看。此前她围着自家的灶台猪舍转了几十年，没有到过离家二十里外的地方。那时县上最客气、最奢华的招待是到县上唯一的电影院看电影，那时电影院开始放映《流浪者》《小花》《庐山恋》等一批近十年以来不敢看的电影了，买电影票比现在过春节买火车票还难，每天放十几场都挤不到票。我第一次接待我祖母，提前花了几天工夫，才托人买到两张票，我郑重其事地请祖母看戏，请大姑妈作陪。她们在乡下看过露天电影，这是第一次看室内电影，还能坐着看，很激动。我提前把她们送到座位上。散电影时，我去出口接她们，一直到人都走光了，还没见她们出来，剧场只有一个出口，不会走丢，我倒也不急，便进去找，只见空空荡荡的剧场里，她们母女俩歪着脑袋，睡成一团。我推醒她们，带出场。回去问我祖母：电影好不好看啊？她说：好看好看，好多人。我大姑妈说：她一坐下去，还没开映就睡了。我祖母说：你怎么不叫醒我？大姑妈说：你一睡，我不也睡着了。真是有其母，就有其女。可惜了两张票。但我祖母是高兴的，第一次看到一个场子里，晃动着这么多脑壳，电影没看上，看了这么多人，也享受啊。

但也有我祖母看着不瞌睡的东西。后来我调到离家三百里外的岳阳工作，我当然也要请我祖母去看看比县里更大的地方。我问她到了岳阳大地方，想看点什么？她说想看火车。看火车容易，离我住的地方一里外就是京广铁路，火车昼夜跑，看火车不要排队不要买票。这天我陪我祖母，坐在铁路边，看了大半天，这天她没有打瞌睡，睁大着眼睛看。走的那天，她不要我陪，一个人又跑到铁路旁看了半天火车。她回家后不久，得了病，身体弱了，就没有再出门了。

我祖父原来是结过一次婚的，但结婚后不久，他妻子就死了，也没有留下后人，就埋在我家后面的油茶林里。逢年过节，尤其是清明节，我祖母都要准备鱼、肉、豆腐三牲碗，配以茶、酒、香、烛、鞭炮，叫我们去敬我祖父的亡妻。我祖母总是涩涩地说：她真作孽，又没有留下个子女，看都没人去看一眼。到了清明，她还说：阴间的人，不望节，不望年，只望清明一吊钱。嘱我们去坟头插一吊纸钱，给故人花。

我祖母心宽，心大，心善。

"走根笋"源

　　我家离我外公外婆家很近，才三里地，过几个小山冲就到了。山冲都很小，田土不多，地块也不大，随着山势弯弯曲曲，没有一块是方正的。山冲两边是绵延交错的小山头，山头由红砂岩构成，土不厚，树就难成林，长的大都是松树，松树长得绿，但长不高大，几十年只能长出人的大腿那么粗。山不高，树不大，小山冲里只能藏下兔子和獾子等小动物，这些都不足以构成对小孩子的安全威胁，所以我五六岁时就可以一个人去外公外婆家。

　　像很多很多乡下孩子一样，我小的时候，最想去、去得最多的地方，是外婆家。我小学期间的几个寒暑假，都是在外婆家度过的。

　　中华人民共和国成立后我外公外婆家被划为富裕中农成分。这个身份说明我外公外婆家在中华人民共和国成立前，还是有一点为数不多的财产的。乡间财富的唯一象征是田土，有田土就可以保障自家有饭吃。中华人民共和国成立时确定一户人家的身份标准，也只能是看其田土的占有量了。贫农成分，表明没有饭吃；下中农是半饱半饥；中农是勉强吃饱；富裕中农是基本吃饱；富农是吃得饱；地主是吃饱了还有多。也只有基本吃饱的人家，才有可能送后人进学堂念书，空着肚子的人是无法把书读进去的。

　　看来我外公家被划为富裕中农，并无冤屈，几代人都多多少少读过一点书，这就是微富的标志。在我外公家这个居住着几十户人家的小小塅落里，他们已是令人羡慕的"书香门第"了，就凭此美誉，也该划一个富裕中农的成分。

　　我外公家虽说戴着一顶"富裕中农"的帽子，但实质上与所有贫下中农处于同一起跑线上。但有一点是与众不同的，除了要养活三男三女六个孩子，还咬着牙坚持让每一个子女都背着书包进了学堂，大都读完了高小。我二舅还以初中生的身份，考进了省农校，但没读完便回乡当了小学老师，这当然是经济原因，要尽快工作，赚钱支撑这个大家。他也算是跨进过大学的门槛，但刚伸进去一条腿就缩回来了。

我外公读过私塾，但天资不薄，凡学过的，都留在了脑子里，随时可拿来使用，张嘴就是掌故，出口便是诗文，兴之所至，常在田间地头高声朗诵吟唱古文佳句。每逢此景，便要令所有乡党羞惭不已。我外公脑子好使，却是体力不够用，负不了重，耐不得劳，生产队出集体工，往往做不赢一个皮实的妇人，在这一点上，也令他羞惭不已。他实在不适合在田头地角干体力活，但又只能这样。我外婆起早摸黑，能够维持一个大家庭的运转，就已经十分了得。我不知他们是怎样让膝下的六个儿女，不但吃上了饭，还奢侈地上了学。别人家的孩子到上学的年龄，差不多什么都能干了，是父母的左膀右臂了，正好干农活，哪有放出去读书的？我外公外婆的眼光不一样，这就是读书人家与普通农人的差别。

我外婆是个文盲，虽然连自己的名字都不会写，但与外公相处久了，常常听他吟诵古文，并用古文解读世相，不知不觉，他那一套，我外婆也能背下来了，亦可随时拿来使用。我对于古文的启蒙，完全来自我外公外婆的日常对话。

　　我外婆二十岁生我母亲。我母亲二十五岁时生我大弟弟，这年，我外婆同时还生下了我的小姨妈。我小姨妈比我小五岁，以后我一直没有尊称过她姨妈，她也没什么意见，我外公外婆也不认为我没有尊重长辈。我大姨妈也只比我大两岁，读高小时她与我是同学，同坐在一个教室里。在我外婆家，辈分和年龄有些难分难解了。我外婆家房子小，大大小小老老少少一大堆人挤住在几个小房间里，每间房要摆两三张床，床与床之间的距离，只够过一个人。

　　就在这些人挤人的房间里，外公外婆给我留下了珍贵的财富，不是物质的，是精神的、知识的。他们以漫不经心的方式，给予了我最初的古文学习启蒙。他们有一个习惯，就是在天刚拂晓醒过来时，爱在床上高声讨论家事，评论近来看到听到的各种人物行为和社会传闻。一天中，这是他们唯一的交流时间，只要下了床，他们就身不由己了，必须完全把自己交给劳作，根本没有时间来奢谈世事。

　　他们的谈论，不是就事论事的直白表述，是有评判标准的，他们通常都要引用《增广贤文》里的句子，来作为评判标准。比如谈到哪个寒门苦读的学子，终有成就名声大振，便赞曰"十载寒窗无人问，一举成名天下知"；地方上有夫妻因小事吵架，大打出手，酿成大错而后悔不迭的，便要叹曰"忍一句，息一怒。饶一着，退一步"不就没事了；有在外面多管闲事的，被派出所抓了，叹曰"是非只为多开口，烦恼皆因强出头"；赞美和睦夫妻白头偕老"百世修来同船渡，千世修来共枕眠"；不屑那些酒肉朋友"有茶有酒多兄弟，急难何曾见一人"；称颂饮酒不乱、义道慷慨者"酒中不语真君子，财上分明大丈夫"；评价一位好妻子"妻贤夫祸少，子孝父心宽"；安慰行事不顺者"人无千日好，花无百日红"；看不起那些爱讲是非的长舌妇"来说是非者，便是是非人"；针砭势利眼"贫居闹市无人问，富在深山有远亲"；无奈诅咒恶者逞强、善人被欺"人恶人怕天不怕，人善人欺天不欺"；为被冤屈的人鸣不平"根深不怕风摇动，树正何愁月影斜"；见只共得富贵共不得患难的夫妻"人生似鸟同林宿，大限来时各自飞"；面对闲言杂语"谁人背后无人说，哪个人前不说人"；评价小人"易涨易退山中水，易反易复小人心"；感慨世态炎凉"相识满天下，知心有几人"；借警句安抚自身境况的就更多了"贫穷自在，富贵多忧""命里有时终须有，命里无时莫强求""黄金未为贵，安乐值钱多""生死有命，富贵在天""使口不如自走，求人不如求己"……

在我成为中学生前后的几年时间里，我愉快地接受了我外公外婆的非正式文言教育，而且能明白其意义，虽说没有见过《增广贤文》原文，不知道具体的字句排序，但实际上我已经背下了这本书的很多内容。这本书是最早影响我对于人生世相判断解析的著作，以至于几十年来，动不动就像外公外婆一样，顺口就能溜出几句来，用于评判世事。甚至我偏颇地认为，论生活道理，为人处世法则，自然规律，实用哲学，一本《增广贤文》，以最简单通俗的表述，就都说清楚了，足够指导普通人生。后来我才知道，在很长的历史时期内，这还只是一本启蒙教材，孩子进学堂就要先读这本书。好的启蒙教材，是要影响人一辈子的。这本启蒙读物所讲的人生哲理，就是时下的很多大学生，都很难具备。后来我上书店，凡见有《增广贤文》新版，必买下收藏，还在旧货摊子上，买过木刻石印版。但是此书常丢，其他书不丢，就丢这本，所谓"偷书不是贼"，也没有什么可埋怨的。我书架上的其他书不丢，唯这本常丢，看来喜欢此书的人不在少数，好记易懂，讲的都是日常生活道理，还能够切切实实地指导为人处世，这就是易丢的原因。

我外公是个很好玩的人。我小时候印象最深的是，外公爱洗脸，一天要洗若干次脸，早早晚晚，饭前饭后，进屋出门，都要洗漱一番。他不爱在屋内洗，无论风霜雨雪，打一盆水到外面的阶梯上洗。先是含一口水，仰脸朝天，让水在喉咙里"咕咚咕咚"好一阵翻滚，然后用力将水喷出丈余，试图将口腔里的污垢彻底冲洗干净。他还会借此机会大声咳嗽、大口喘息，试图将五脏六腑中的废气一并呼出。然后洗脸，洗脸当然远远不止是洗脸，要将整个头部的前前后后用毛巾擦个遍，连眼皮鼻子几乎都要翻开来冲洗一番。这么个洗法，必然满地是水，所以只能在室外操作。每逢外公洗脸，我便要站在一旁观看，在我看来这不亚于一幕热闹的戏。外公喜欢将不多的头发顺手往上摸，次次洗脸次次摸，摸得久了，头发就往上长了，这种发型，我们叫作"上梳头"。在我小的时候，作田汉是少有人蓄"上梳头"的，因为没有时间

老去往上摸。其时蓄"上梳头"的,大都是当干部
的,往往只看头,就知道是干部来了。我外公蓄着
"上梳头",在农民中很显眼。

我们这山里,当年也是有日本军队来过的,但
都是几个人的小队伍。由于这是山区,所有房子都是
依山傍水而建的,只要听得铜锣响,乡人就可以往后
山的树林里钻,所以日本人在这里很难抓到人。我外
公在日本军队撤走后,捡到了日本人遗弃下的一顶礼
帽、一根拐杖、一副眼镜。以后很多年,每逢节日和
天气不好干不了农活的时候,我外公便要梳好头发,
配上这三样洋气的行头,绅士气十足地在乡间晃荡。
当然这一份微不足道的自我陶醉,并没有维持多久,
"文革"开始了,他这身颇具资产阶级思想的行头,
被迅速革除。幸好这事没有往日本侵略者身上靠,否
则我外公便大祸临头了。

我外公名李岸伯,这无疑也是一个文化含量很
高的名字,就凭这么一个可以回味寻思的名字,足可
以说明给我外公取名字的祖上没有少读书。待我外公
长大后,他还给自己取了个笔名,叫"玩伯",他崇
尚浪漫,苦中寻乐,爱着一个"玩"字。他没有丢掉

爱读书的家族身份，写得一手好毛笔字，多少年来，这地方上下的红白喜事，都少不了他的书写手笔。他爱去外面写，也爱在家里写，家里的柜子、木箱、箩筐、桌椅、犁耙、锄头、扁担、碗筷等数十种日常用具，只要能写上和刻上字的，都给写上或刻上"玩伯记"三个字。乡下都有给自家用物写上家长名字的习惯，自己不会写，便请人写，这与文化无关，主要是怕左邻右舍办酒席借走后，返还时混错。当然也还可以防止被偷盗。我外公爱动笔，不是为了东西不丢，而是好玩，让自己的书法出现在随处可以看到的地方，这一份自娱，一定是快乐的。他没有钱把字写在宣纸上，然后装裱上墙，悬挂欣赏，只能在日用物品上玩。

我外公能写会说记忆力惊人，可惜时世不扶人，使他只能成为一个乡村艺术家。但他的爱好影响了他的子女，我母亲、大舅、二舅、小舅，都写得一手好毛笔字，他们比我外公幸运，都将自己写出去了，没再当农民。我母亲和我大舅是本单位不可或缺的写手，凡要动毛笔的活，便少不了他们。我二舅因写写画画成了一个地级市的文联主席，手头没有点绝活，是不可能胜任这个职位的。我小舅凭着写画这门手艺，从小学老师岗位上退休后，在家里带学生，他带的学生，有不少考上了中央美院和广州美院这样有影响的美术学院。多年下来，弟子已逾百计。

我参加工作时，我大舅二舅都在县里工作。我外公每隔个把月，就要来看看他的儿子，同时要来看看我这个大外孙。我很高兴外公的到来，他是个好玩而快乐的人，他从来不把自己当作长辈，就是来聊聊天的。他的话题很广泛，他讲述的乡村故事，不少以后成为我的写作素材。我和我的舅舅们都知道，我外公是爱喝点酒的，但需求不多，一次一二两就够了。我知道他来了，必定马上去打一斤散装酒，等候他的到来。还有一样与酒同样重要的下酒菜：猪头肉。猪头肉下酒是我外公至高无上的人生享受，一见这两样东西摆到了他面前，便眼放异彩。他也经常参加各种名头的乡间宴请，但很多时候都是怏怏不乐而回。这时家人都知道他酒是喝上了，没有吃到猪头肉。他评价一场好的宴席的标准，首先是要有猪头肉。"连猪头肉都没有"，因此他会偏激地否认那一桌菜。每次我外公来，我给他倒上酒时，必要配上一碟猪头肉，于是我外公脸色就红润了，话匣子就打开了。

我参加工作后的第九个年头的冬天，阳光很好，我外公在我这兴高采烈地坐了大半天，那天我们说了很多话。按惯例我外公带走了没有喝完的酒和猪头肉。

一个月后，下着大雪，家里来电话说外公走了。他走得太快，没有给我们任何预兆，这就让人特别伤感。其实是有预兆的，那天他在我那特别高兴，说了特别多的话，就是预兆。生命在冥冥中预示着，在我这已是最后一次相聚了。

因走得突然，办丧事时连个遗像都没有，好不容易找到一张合影，他的头部只有大拇指的指甲那么大。我找到我小舅用过的半截碳素铅笔，又找到一张画素描的纸，借着雪光，给外公画了一张像，挂于灵堂。一直至今，我舅舅家供奉的外公的照片，还是我手绘的这张，都过去三十多年了，纸都泛黄了，但仍神韵凛然，是任何照片制作技术替代不了的。

我外婆活了九十多岁，比我外公多看了三十多年世界。我外婆的晚年生活过得很惬意，之所以惬意，是她首先能够让别人惬意。她的六个子女，给她留下了一大堆孙辈和曾孙辈，具备接待她去住的条件的不在少数，重要的是我们所有晚辈，也都乐意接待我外婆。作为老人，她最大的优点是能够做到宾至如归，把任何一个家都当作自己的家，不管是谁来接，她都会高高兴兴地答应，她是发自内心的高兴，而不是装高兴。晚辈中，乡下家境不好的，她不嫌弃，不以为不好；城里生活好的，各种讲究多，出门难，讲的话也听不懂，绝大多数乡下老人无法融入，她不拒绝，乐于享受，努力融入。土也土得，洋也洋得，上也上得，下也下得。

我外婆出生于1913年，像这一辈人，家庭封建意识很重，凡有儿子的老人，是不接受女儿赡养的，去闺女家做做客可以，长住就要谢绝了，哪怕很想在闺女家住，哪怕女儿女婿真心愿意奉养，也要放弃这种想法，他们信奉"嫁出去的女，泼出去的水"的观念，认为儿子养老天经地义。如果过于依赖女儿，风言风语就会刮来，会说某某人家儿孙肯定不孝，不愿照顾老人，不然怎么老往闺女家跑？"养儿防老，积谷防饥"的古训，是乡村的宗教。我外婆又是个例外，不受这些观念的禁锢，是少见的叛逆者，她历来

107

把媳妇女婿看得和儿子女儿一样重要，不分彼此。我外婆住在哪里，哪里就笑声不断，她既感染家人，也会感染邻居。她来了，陌生邻居三两天就和她熟了，甚至会把不能对外讲的话，都乐于告诉她。她走了，邻居往往不习惯。走久了，要来打听她什么时候再来。

我外婆快九十岁时，还一直坚持生活自理，自己一定要洗自己的衣服，就是在洗衣机时代，她还要固执地用手搓。生命的最后几年，实在动不了啦，才无限愧疚地告别自理。她有三个媳妇、三个女婿，凡是他们几对夫妻之间发生了矛盾，吵了架，我外婆会不做调查研究，不分青红皂白，武断地判定儿子或女儿不对。久而久之，此招带来的好处是：媳妇对婆婆的好，超过对丈夫的好。女婿对岳母的好，超过对老婆的好。一个老人如果能够和媳妇、女婿的情感融洽到了这个层面，在她老了以后，就不愁没有去路了。

我是我外婆的大外孙，也是最早有能力接待她的第三代。她经常来我家住。若是很久没有来了，她甚至会主动提出申请要来我家住。所谓"公疼头孙"，其实也包括了外公外婆，因为他们会把看到第四代的希望最先寄托在我的身上。

我们家乡对于外孙的另外一个形象的称谓，叫作"走根笋"，笋是长在竹根上的，竹根走到哪，笋就长到哪。竹根若是超出了自家的竹园，长到了墙外，而且长出了笋，就叫作走根笋。女儿出嫁了，随了外姓，于是我们这些外孙，就是走根笋，但不管走多远，我们的根，还是在外公外婆的竹园里。

我外公过世后，我外婆便开始被接到各家各户过日子。她来我家住时，我已经开始吃文字饭了。人们一旦知道了我外婆的身份，便要献给她很多赞美之词，夸她培育出了一个作家。作为作家的外婆，从她的竹园子里走出来的笋，她很享受这一份虚荣。她不认识字，她找我要看看我出的书，看不懂，便小心地捧在手上，反反复复抚摸着。我不知道她在想什么。我真想说，她当年背诵的《增广贤文》，对我的创作和人生观，有多么大的帮助。但我没说。就像她深情地抚摸着我的书一样，此时无言胜有言，这些文字，无可否认与她的"竹园"血肉关联。

外婆爱看我的照片，还要求我给她讲讲，我就一张张讲给她听：这是北京。这是上海。这是武汉。这是长沙。这是海南岛。这是长白山。这是长城……她看得专注，她为我能走这么多地方而高兴。

现在回想起来，我非常遗憾，没能带她出去看看。当然，在当时，带一个老人出门，是无法做到的，此时全中国还没有私家车一说，飞机一般人是坐不起的，只有机票能够回单位报销的人才有资格坐飞机。有钱的老板也不能坐——当然那个时代还没有"老板"，不允许个人经商、炒股、办厂，没有发财的土壤，自然就长不出老板。那时候大家都一样，出行都坐火车和客班车。我记得我应邀赴吉林参加文学创作学习班，先是打电话提前十天请长沙的文友买火车票。然后是坐五个小时的客班车去长沙。坐火车到北京，坐硬座，一坐就是二十四个小时，车厢里站满了人，上厕所都要挤出一身汗。北京没熟人，下车就排队买去吉林长春的票，排队的时间也要以小时计，待到窗口了，说是只有慢车了。慢车也得坐啊。这一慢，就是二十七个小时……在这样的挤车时代，能带外婆出门吗？有心情带外婆出门吗？

我外婆最远到过岳阳，也够远的了，离家有三百多里。那时我和我二舅都在岳阳工作。我外婆第一次出远门，能够在岳阳这个一句话也听不懂的地方，一口气住一两年，她的适应能力惊人。

我外婆被人们誉为"流动红旗"，她不断地更换地点，住在哪，红旗就插到哪。其实说她的适应能力强，也未必。自从我外公过世后，她就计算好了她的余生，必在儿女亲人家度过，不适应也得适应，迟适应不如早适应，就是内心不适应表面上也要装适应，把这个没有退路的问题想好了，就好办了。我外公在世时，他们和天下的夫妻一样，免不了磕磕碰碰。没对手了，斗不起来了，人渐渐老了，没有了自食其力的力气了，更没有个人钱财养自己，我外婆清醒地看到了这些，她也想好了能够让自己后半辈子活得好的唯一办法是适应，是习惯，是装高兴。不管谁来接她，她总是一口答应下来：好！住得不怎么样，她说好；吃得不怎么样，也说好；年纪大了，牙齿差了，硬的食物嚼不动了，不吃就是，绝不说一个不字；不管住谁家，她绝不以最高长者的身份装大，始终保持做客的身份；谁家有矛盾了，她选择悄悄地离开，充耳不闻；儿女的子女由儿女去管教，她不多半句嘴；自己的事情自己做；有了毛病不叫不哼自己熬……外婆的最后两年，不幸瘫痪卧床，她没有怨言，没有脾气，总是满脸的歉意，觉得是给大家添麻烦了。我外婆的克制能力，对他人的理解，对自我的审视，在我所见过的老人中，是罕见的。

外婆的美德，是不是影响了她的其他晚辈，我没有了解过，确实影响了我，我一直想努力做到像外婆那样：

第一，不管或者少管他人的闲事。

第二，什么事情都往好处看，不怨天尤人。

第三，自己的事情自己做，不求人，少求人，力争不给他人添麻烦。

有外婆的榜样在先，十岁左右，我就开始坚持做力所能及的事情，家事农事，无一不会，应该说在同龄人中，我的动手能力是比较强的；能下厨房，二十多岁就能给同事结婚办酒席掌勺，按传统菜肴名录，做出十几桌饭菜，冷盘六道，热菜十二道；结婚时没钱买家具，自己动手，做出一对木沙发，一个茶几，一个碗柜。此物我搬家后，我母亲舍不得丢，还用了二十年。能做油漆活，曾帮剧团同事做出不下十套结婚家具；略通针线活，自己的衣服被帐，破了就是自己缝补；参加工作几十年，换过四个城市，先后搬家十一次，装修房间没有请过设计师和施工员，从采购到施工，到带领泥工木工，一人独干；凡遇身体不适，能熬则熬，能动则动，二十岁时割扁桃体，一周不能进食，没有回家，剧团下乡了，没食堂了，实在饿了，在一个老电工的灶台上熬点稀饭，兑着眼泪强行往喉咙里塞；二十多岁时在乡下演出，舞台板子断裂，翻筋斗时至脚踝脱臼，剧团派同事把我送回县城治疗，骨头接上了，回单位住，一副拐杖陪伴，幸好窗外有个幼儿园，有个勤快的小幼师，早上我从窗户伸出手去，请她买早点，一角钱，买四个馒头。中晚餐，请她去街对面的电影院食堂给我打两次饭。我没有告诉家人，家里也抽不出人手来照顾我；四十岁时，患了外痔，要叉开双腿才能勉强走路，我像鸭子一样扭着走过街，对面就是医院，紧挨着两个医院，大医院说要住院，小病我不想住医院，便去找小医院。在小医院门口碰到个中医，是我的老乡，我没打算请他治，嫌中药太慢，他说要好得快，就要动手术，我给你割就是。我说你做中医的怎么能开刀？他说能，小菜一碟。我就相信他能。他就把我推倒在门诊手术室，开始准备打麻药，我问他麻药多久醒？他说二十分钟吧。割完痔疮，我就往家走，回家就架好睡椅，将电扇调好吹睡椅的方向，然后准备好茶水，还有零食。在麻药醒来之前，我已经做好了自己伺候自己的所有准备……

一个人能够做更多的日常事务，能够自己照顾好自己，这个过程，其实是很享受的。毛主席说得好：自己动手，丰衣足食。我外婆能够面对很多困难，同时又能够保持快乐，是她自己创造的，她有理由活出九十多岁。

足够大写

我父亲留给我最深的印象是：不停不歇干活，抓住机会睡觉。

我父亲是必须不停地干活的，他和我母亲养育了五个子女，上面还有老人要赡养，这样的家庭重担，又只能靠体力劳动来扛，如果要让我们活得好一点，就必须消耗比他人更多的体力。

在我们这栋名叫"坳上"的屋场里，曾经挤住着六七户人家，几十号人，每天起得最早的，必是我父亲，天不亮就扛着锄头出门了，我从来没有看到父亲睡过懒觉。非但不睡懒觉，父亲也很少在天黑前进家门。在那个乡村还没有电灯的时代，要多去地里抢一口吃的，没有别的办法，只有借助一份天光，看得见，才能做得动。真正像我父亲一以贯之实践"起早贪黑"这个成语的，在乡村也不多见。

为了让消耗的体力尽快得到恢复，好干下一轮活，我父亲的办法是：睡觉。争分夺秒干活，争分夺秒睡觉，是我父亲的绝招。

自中华人民共和国成立后的人民公社集体化体制，到1978年分田到户自己干的近三十年间，农民都是听生产队长吹哨子统一去出集体工，像鸭子一样统一下地。上午和下午，中途有一个二十分钟左右的统一休息，找一户就近的人家，喝一点茶水，抽几斗烟，那时候农民还买不起纸烟，共一杆旱烟斗或是水烟筒，每人轮着吸几口过过瘾，如果人多烟具少，轮不过来，便把小学生课本撕成条条，自卷烟丝吸，叫作抽"喇叭筒"。我父亲不抽烟，一落座，不到一分钟，伏在椅子靠背上或是背靠着墙就睡着了。他要借助这两次休息，来恢复体力，用于收工后落日时分的那段光阴，在自留地上，干上一阵子私活。

自1965年至1975年间，农民晚上的时间也不属于自己了，晚饭后哨子响了，便要去生产队的晒谷场，集中学习时事政策和听队长布置来日农事。我父亲闲不住，一落座，瞌睡虫便爬进了脑壳，怎么赶也赶不走。我父亲也明白学习时打瞌睡是一个很严重的政治问题，但又无法战胜瞌睡。怎么办？一是尽量往灯光暗淡的角落弯里坐。二是力争不发出鼾声来，一旦发出鼾声干扰了学习，事态就有些严重了。于是我父亲便有意挨着好友坐，便于在打鼾时，及时被推醒。好在被推醒了，也不至于是真醒，瞬间又睡过去了。尽管如此小心，会议主持人以及乡村积极分子，还是看出来我父亲对于神圣政治的漠然。好在我家是下中农成分，有了这块金字招牌，也不至于对我父亲的瞌睡错误一定要怎么样。

作为小孩，与其他孩子一样，我最大的快乐和盼望，不外乎是过端午节、中秋节、春节。无论人们的生活过得多么艰苦，一年三节，要倾其家中所有，做一顿好吃的。小孩子是必要去外公外婆家的。女儿偕女婿，是一定要回娘家的。我父亲每逢节日，也显得和我们一样高兴，他高兴的是他在这一天，可以在岳母家好好睡个觉。我外婆十分了解她女婿的爱好，在我们刚进门喝过茶，外婆就开始催我父亲进内屋睡觉，并亲手带拢房门，嘱咐我们不要去打扰我父亲睡觉。其实，就是打雷也吵不醒我父亲，这样的好梦，他一年也只能享受三次，能被人轻易吵醒吗？多少年来，这个节目都在温暖地重复着。

有道是：行船怕夜路，当家怕五口。从年头到年尾，我父亲像一头牛一样，拉着一辆严重超载的家庭大车，不懈前行。动力何在？依我那时的理解，他是依赖睡眠来补充能量的。

从父亲的实战经验中，我认识到了睡眠的重要性，几十年来，我也在学习我父亲，把睡眠当作养生法宝来使，坚持什么都可耽误，睡眠不耽误的生活原则。比如累了、患了感冒或是腰腿酸胀之类的毛病，喝足水，倒头便睡，不分白天黑夜睡，待睡到一身轻松，毛病也就走了。我父亲的养生良方，让我获益匪浅。

在我六七岁的时候，我同我的父亲度过了一段短暂而美好的生活。那时我父亲在一个离我家二十来里地的粮油收购站工作。粮站建在一个叫"寨上"的地方，这是一个值得记住的地名，我老家平江，古来就是一个兵家必争之地，到处设有屯兵布防的兵寨，名头大些的有"四十八寨"，都写进县志了。这个寨上，也是古寨中的一员，但因规模还不够大，未能列入前四十八名中，但一切都具备"寨"的做派。这是一个小山头，屹立在汨罗江中游一处古码头旁，坡陡石峭，树茂叶浓，是一处扼守水上交通的所在。山顶是平的，古寨子应是建于此，可眺望，好设弓弩。而我所见到的，已不是古寨子了，是几栋大粮仓，我父亲就在这里工作，代表政府收购农民的谷子、黄豆、高粱、茶油等一应农产品，然后经汨罗江运到远方。

我第一次大开眼界的是，一麻袋一麻袋的花生，一堆堆一堆堆地垒满厅堂，等候运走。但还来不及装车船，老鼠就咬破麻袋，抢先一步享用。只要有人轻轻地朝麻袋踢一脚，花生就"哗哗"地往下流，随便去抓几把，足够撑饱肚子。我家那一带土壤不适宜种花生，想吃把花生，是不容易的事。寨上附近河滩上的沙土好养花生，这里是花生产地。突然见到这么多花生，可以随便吃，可说是欣喜若狂。

粮站开始收购茶油的时候，我外婆便来我父亲这里做客。送油人清一色使用篾织的油篓子装油，油篓子用桐油浸泡过，轻便、耐碰、不漏油。过秤后，送油人举起装有四五十斤重的油篓子，往可装几百斤的铁皮桶里倒油。因是手工劳作，难免有油顺着油篓子流到地上。不知什么时候，这一幕被我外婆看见了。

油在我们乡村，是最珍贵的食品，衡量一户人家的贫富标准：没油吃的是苦主，油吃得重的是富户。不管是穷与富，都会视油如金贵，一个乡间孩子，最早懂得的禁忌是不能去碰油罐子，一旦泼了油，会成为全家人的心灵阴影。乡中有古俗，认为泼油预示着会有倒霉事发生。会发生怎样的倒霉事？什么时候发生？一屋人会人心惶惶。虽然公家粮站收油泼洒了，不会发生什么倒霉事，但我外婆在一旁看着心疼啊，那毕竟是油啊。于是我外婆找来只瓦钵子，放在倒油的地方接油，不让油流到地上。收购旺季，从早到晚，我外婆守在一旁，一天能够接收一两斤，一季可以收集十来斤。这是什么概念？当时只有大户人家，一年才吃得起十来斤茶油。

　　我外婆带着我，在父亲工作的寨上粮站，度过了几个收购旺季。吃花生，吃茶油炒饭，天天像过年。在我的记忆里，那个时期，是我父亲英气勃勃的最美好的年华。我的舅舅姨妈叔叔姑姑们，来看我父亲，可以吃饱一肚子老鼠安排的落地花生，我外婆不必起早贪黑日晒雨淋就可以收获十几斤茶油，可以想象当时我父亲的形象有多么高大。

寨上给我最美好的记忆，还是粮站周边高大挺拔的大树，大树下一弯碧蓝的河水，怡然自得往来行走的渡船和过渡人的笑语欢声。

盛夏时节，几乎每天中午，河湾里都有自制的土炸药包响起，这是用来炸鱼的。每听到脚下水响，我父亲便一边脱衣一边往河边跑，待到水边，便像鸟雀一般跃入水中。这时被炸药包震晕的鱼也纷纷浮出水面，我父亲是浪里高手，手到鱼来，从不落空。很多个夏夜的晚餐，都有一大钵鱼汤上桌。

父亲在水里的矫健身姿最令我羡慕，以至于我在六岁时，就无师自通练就了狗刨水，不久就具备了父亲那样的本领。

可是属于我们家和我父亲的美好光景，很快就消失了。在1960年，国家处于困难时期，我父亲离开了他活得极其滋润的单位，回归到农民的本位。什么原因回来？至今是一个谜。父母亲无意说这事，我长大后一直不愿打听这种肯定令父亲不快的事。后来隐隐约约听到有两种说法：一是其时我父亲有了两个儿子，妈妈辗转在外教书无暇顾及家庭，尤其是三年困难时期，父母的收入无法维持一家生计，只好辞职回乡。二是国家有难，粮站大裁员，强势的员工做不通工作，裁不动，只好拿我父亲开刀，我父亲老实本分，不善言辞，好打发。

我父亲回乡后，昔日他身上的英气，随即荡然无存。很快他的背就有点往下弯了。这一年他还不到三十岁。

我受父亲游泳英姿的影响，自学了游泳。跟着驼背父亲后面走多了，日久也驼了点背，以至于几十年后回乡下来，老乡们便说：走路啊讲话啊连背也有点驼，都同你父亲捏像（一模一样）。

我父亲很年轻就既当爹又当妈。田里土里家里的所有活一肩揽，无一不能，无人替代。不但要准备好老家的吃用，还要备好柴米油盐，在天黑收工后送到母亲所在的学校，来日清早，还须赶回家来出集体工。

我母亲在离我外婆家不远的一个小学校里教过几年书，父亲去给她送柴火时，要从外婆家河对面的路上经过，我父亲每路过时，要把柴担子放下来，站在离我外婆家约两百米的地方，高声叫着我外公外婆。此时已是夜色依稀，炊烟冉冉，人畜归屋，万籁已静，我父亲的叫声特别响亮，于是我外婆便要跑出来，隔着河说几句说烂了的互道吉祥的话。我父亲总是抱歉地说他今天忙不能来看岳母了。我外婆总是要撩起围裙擦擦湿润的眼睛说走夜路要小心。我外婆见人就夸我父亲是世上一等的女婿，她不知要怎样才能表示对这个女婿的疼爱，也只能是抓住机会，让我父亲在她家里多睡一会儿，养养精神，以示安抚。

我父亲并不是一个死做蛮干的粗人，在乡间，他是公认的能人，说多才多艺也不为过。他是我老祖父的长孙，我老祖父在家创办"顺生药号"时，我祖父就领着我父亲学寻草药、制药和正骨疗伤。我父亲有两样家传偏方，远近有名，不知治愈过多少人。一样叫作"丝瓜水"的火汤药，专治烫伤和烧伤，只要伤口没被感染，及时将他制作的药汁冲洗敷上，立马止痛见效，不化脓不留疤痕。另一样是专治"龙船疮"（带状疱疹），这种疮毒一旦成型，如火烧皮肤，疼痛难忍，且医院也无止痛良方。我小的时候，经常听到夜半敲门来叫我父亲去出诊救急的。但只见我父亲带药去，空手回，从不收费。后来我父亲在县城居住，大半条街的居民都知道了我父亲有这手绝活，请他去治疗的人不在少数，他同样不收费。有居民愿意拿出临街的门店来供我父亲开个小诊所，我父亲拒绝了，他不认为他是个医生，会点小方子而已，没有资格开诊所。

每年秋高气爽的季节，我父亲都要挤出几天时间，去我老家一座海拔有1600多米的高山上采药，挑回来一担草药，然后蒸、煮、炒、晒……自制草药，各种制药工具都是原"顺生药号"留下来的。在我家乡的一些典籍中，记载了东晋炼丹术士葛洪在平江高山上采药的故事，在一些奇洞怪石上，还记述着他的足迹。一千多年前的事，真假难说。但平江民间，古来便有药农上山采药的习惯，这个传统，是不是因当年葛洪的带动形成？也许是，一个地方的时尚，必有其形成的因由。

山中采药，是极艰苦而又危险的事情，山高无路，瘴气弥漫，虎狼横行，难见人烟的环境，有如时下电视中热播的外国探险片，吃住行都须自身解决。何况采药，是小众爱好，一般都是独来独往，很难结伴。我们小的时候，常听到说什么什么地方什么人去大山里采药、扯笋、摘蘑菇没有回来了。看来这是一个冒险者干的活。我们家里的人好像没有担心过我父亲的安危。我老祖母说我父亲十几岁就跟着我祖父去大山里采药。看来我父亲是有经验的，会保护好自己。

我父亲不认为这样的辛劳是值钱的，只要看到他的药治好了人家的病，还被人赞美，他就心满意足了。我估计历险可能也是他的兴趣和爱好，比如有人爱好钓鱼，有人爱好打猎。我父亲从没有给我们讲过采药的经历，也没有要求我们学习他这门手艺。

自我父亲他们这一代之后，再也没有进山采药的好汉了。一是医院多了，人们宁可打盐水点滴，也不会相信葛洪的草药。二是没有人能够吃那种钻山临渊的苦头了。

我父亲的爱好广泛，什么都会一点。正道学的是正骨疗伤，寻草药，集偏方。旁门学的是乡间流行的小巫术。他善"蛇法"，见了毒蛇，念个咒，伸出食指和中指，朝蛇一点（巫名叫放箭），即可令奔跑的蛇俯地不走。我们一大家子，都没有见过我父亲的"表演"，但我父亲那些体己的乡友都知道。我不明白父亲为什么不向家人公开这手本领。我小的时候，乡间的蛇很多，走路、下地、上山，与蛇相逢不为奇事，蛇跑进家门也不为奇事。很多人家的菜园子里，长住着不怕人的蛇，我们叫它"家蛇"，蛇是灵物，它知道这户人家不伤害它，它就在这家周边打个洞，长住下来。当然，主家也是能够接纳这条蛇的，因为蛇的主食是老鼠，有蛇就没有老鼠，养猫还要喂饭哩。但有一个前提：必须是无毒蛇！乡间有句话："见蛇不打三分罪"，乡俗鼓励打蛇，但打的是毒蛇。过去我们乡间，交通和医疗都弱，每年被毒蛇咬死的人不在少数，所以毒蛇是一定要追杀的。我家也有一条家蛇，一个爬得圆溜溜的蛇洞，就在屋后面的竹园子里，它的家离我们家的厨房，只有十来米远。它经常爬到厨房的木梁上来，用尾巴绕着梁，看我们吃饭，舌信子伸得尺把长。那时我想：要是我再高一点，就可以伸手摸到它了。这条蛇的花纹好看，一节一节的黑白相间，像斑马那一身纹路。这种蛇名为"菜花王"，是无毒蛇。它每年要换一次"衣服"——蜕下的蛇皮干净整齐，就挂在我家的柴房里。蛇皮年年见长，我最后一次见这条家蛇的"衣服"，是我十五岁的时候，那时这条蛇皮，已经有了快两丈长。之后，社会上开始兴吃蛇了，我家就没有家蛇了。别的人家也没有了。蛇与人为亲的时代一去不复返了。

和所有过端午节的人们一样，这一天，包子、粽子、盐鸭蛋是餐桌上最重要的食品。在门头插上艾叶菖蒲避邪也是城乡必演的节目。但很少有人知道，过去我们乡下还有一个更重要的节目，要在端午节这天举行，那就是喝雄黄酒——把雄黄粉泡在酒里喝，讲究的人家，还要买来雄黄，撒在房屋的四周，用于防范蛇蝎蜈蚣等入房侵袭。有更讲究的，有求于地方上懂"蛇法"的师傅赠予一碗"蛇水"，据说喝了这碗水，这一年中，就可免遭毒蛇攻击了。这是盛产毒蛇的山里，人们最要紧的端午需求。

端午节这天，我父亲清早起来，做的第一件事情是洗干净一个木桶，去井里打一桶水，放在餐桌上，然后秉烛焚香烧纸念咒语，在水面上画道符，然后盖上毛巾，一桶有了法术效应的蛇水就诞生了。这时本屋场以及周边的乡邻，便陆续来到我家，掀开毛巾，拿个碗，请一碗蛇水喝下。这自然也是我们小孩子的习惯动作。我们没有见过父亲捉蛇治蛇的表演，但看到了乡人上门来求蛇水的虔诚。自我父亲五十岁时离开乡村，还没有听说过喝了他画的蛇水还被蛇咬了的。看来我父亲是真懂"蛇法"的。

我也不知我父亲还学了哪些巫术，还有两样是家喻户晓，广泛使用的，一样叫作"九牛水"。如果是吃鱼被鱼刺卡了喉咙，尤其是孩子，一般是要进医院才能取出来的。我父亲化解鱼刺时，只需要找个杯子，随便倒一杯什么水，伸出手指，在杯口画符，念个咒语，让患者吞下，喉咙口的硬刺顿时化软，随水下肚。如一时找不到杯子，用调羹舀一口菜汤也行。我父亲的九牛水名声大于蛇水，因为被蛇咬的人少，卡鱼刺的人多，于是经常有人上门来请我父亲去解难。

我父亲念的九牛水咒语，我小的时候听多了，还能背出几句：奉请茅山李老君，祖师大法镇乾坤。化骨丹，吞骨精，犹如九牛下深潭……李老君就是太上老君、道教始祖李耳，法力无边，看来九牛水是他传下来留给众生的良方。据说会九牛水的人，能够将竹筷子折成几截，用九牛水吞下肚的，还能吞针甚至钉子。乡人说我父亲行。而我们却没有看见过。

　　我父亲还有一样小巫术，影响也不小，叫作"摸米"。要是三两岁的孩子受了惊吓，高烧难止，就会有乡邻找上门来，求我父亲摸米。来人用手帕包点大米来，我父亲先摊开手帕，将米抚平，如见有米粒不受抚压，依然冒出尖来，就说明那孩子是受惊吓了，于是我父亲会将米包好，拿到僻静处，念咒画符，让人带回家，放在孩子的枕头底下，即可去邪安眠，无一不立竿见影。

　　我父亲真正闻名乡里、影响面广的本领还有两样：一是会拳脚。二是做"礼生"。我父亲学的采药啊蛇法啊九牛水啊摸米啊等手艺，师傅都是谁？我们不知道。但他学拳脚（武术）的师傅是有来头的，他叫李勉斋，全县有名，号称"勉斋公"，中华人民共和国成立前参加过湖南省的武术比赛，获过第七名，在平江县范围内，勉斋公曾被视为县宝，谓之"湖南第七，平江第一"，是令平江这个崇武之乡的武术界人士肃然起敬的人物。二十世纪六十年代，我印象中的勉斋公体形瘦长，留长胡子，银丝冉冉，目光如炬，穿一领民国时期流行的蓝竹布长衫。他家就在离我家不到两里地的水库边上，我们去山里砍柴时，必经过他家，回来时一定要在他家歇脚。勉斋公逝于二十世纪七十年代，生前始终保持着"平江第一"的宗师架子，作为农夫，他不打赤脚、不干农活，连扫把倒地上了都不扶，穿得整整齐齐，一脸威严。他带了很多徒弟，经常有徒弟在他家里晃，有什么活便抢着干，这样师傅的架子就撑起来了。每年的端午、中秋、春节三节，我父亲是都要去给师傅拜年节的。

我父亲沉默寡言，话少笑容也少，只会埋头干活，在我与我父亲相处的日子里，很少有超过十分钟的对话。但只要是去师傅勉斋公家，我父亲便有了喜气，有时候还叫上我与他同行。在师傅家里，师兄师弟相聚了，我父亲便有说有笑了，说着说着，大家就脱了上衣，无论寒暑，一袭赤膊，兴奋地比划起来。来师傅家，是我父亲最开心最放松的时候。据我看，我父亲应是勉斋公的得意门生，在他的弟子中，唯我父亲能动笔写字，他家有什么要写的，非我父亲莫属。加上我父亲身架子也好，不胖不瘦，体态均匀，中气也足，悟性颇高。勉斋公年事已高，教徒弟时，有些招式的示范，就让我父亲来做。

逢年过节玩狮舞龙，是我们这山地流传久远的节目。每个村庄，都有固定的狮班，代代相传，逢年过节，家家户户都要接"狮龙"进屋冲喜，就像吃团年饭，这一道"过年菜"少不得。我父亲所在的狮班，打的是师傅李勉斋的大旗，使十八般兵器的，大都是李勉斋的徒子徒孙，练的是真功夫。我父亲是狮班中的主要演员，他一出场便掌声轰鸣。很多年后，地方上老辈人还忘不了我父亲的身手：你父亲拳打得好。

每年过年的正月初一到元宵节，我父亲基本上随狮班在外周游，方圆十几里的百姓，等着要看李勉斋班子的狮龙。正月间，家里客多，我母亲应酬不过来，难免埋怨。但我父亲只要一天不去，狮班子里的人就会上门来叫，乡亲们不见我父亲出场，不认这个班子啊。我母亲见我父亲一年到头没有歇时，唯有这几天尽情地开心表演，也就不便多说，给他放行。只是母亲心疼我父亲脚上的布鞋，打拳时我父亲一用劲，一跺脚，震得墙都动，一双布鞋经得几下搓？一双新鞋顶多能熬过一个正月，而做一双鞋千针万线要穿几个月，难怪我母亲心疼。

除了打拳，我父亲在公众场所露脸最多的是频频出现在各种礼仪活动中。乡间的婚丧嫁娶祝寿设坛，凡史上传下来的有明确规范的各色礼仪活动，不可或缺的一个核心人物是"礼生"。礼生就是礼仪行进过程中的主持人，也如是一支乐队的指挥。什么礼仪，该摆什么场面，该走怎样的程序，该行什么礼，该谁说话、说什么话……都要由礼生领着依顺序依标准进行。比如乡间最复杂的办丧事，看上去是道士或和尚唱主角，但最忙最关键的还是礼生，道场的规格较多，寒苦人家，给亡者做一天一夜，完成送灵魂归阴间的义务而已；做三天两晚的比较普遍；富人家，可做五天五夜、七天七夜、九天九夜……每一种做法都不会一样，所有过程，都是在礼生的引导下进行。我父亲谙熟乡间所有的礼仪礼节，这门近乎义工的本领，要耗费他不少时间，尤其会耽误不少睡眠，但他从不推托乡人的邀请。

非常遗憾的是，我父亲的诸多技艺，没有能如他所愿，传授给我们兄弟姊妹几个。他最想教我们学他的拳脚功夫，虽说他一身武艺没有打过架，却是希望我们有点功夫在身，日后走南闯北，以防不测。可惜我们只是跟着他比划几下，无一愿坚持下来。他还想将蛇法传授于后，也未能实现。因为学这个更难，有一个禁忌是不能突破的，即不能吃狗、牛、乌龟、水鱼、蛇、青蛙等动物，一旦破戒，则法术失效。可惜我们都是好吃之徒，全无敬畏之心，学了也是白学，不学也罢。我父亲见无人继承他的手艺，也不生气。见日后几个子女都不在乡下生活了，活得比他好，尤其是有充足的时间睡觉，一切证明，他那些本领，并不能帮助他的子女有更好的生活，也就充分证明没有什么用途了。再说社会也进步了，打架啊，被蛇咬啊等等，离我们也远了；礼仪就更没有用了，饭上了桌就吃，不分长幼一顿乱坐，吃完走人；结婚时新娘子居然穿白衣（婚纱），乡下只有老了人才举家穿白衣，不能往那上面想，一想就可怕；亡者送进殡仪馆，请人扭秧歌庆祝，唱《今天是个好日子》……我父亲这些本领，远离时尚了，连他自己都看不起了，还有必要世袭么？

只是九牛水他还是舍不得放弃传承，因为鱼总是要吃的，生活越好，鱼就吃得越多，而鱼爱长刺跟社会进步也没关系。我父亲在我们这一代传授失败后，把眼睛转移到第三代身上来。而他的长孙是我的女儿，照说按传统的规矩，这种法术是传男不传女的，我父亲于是决定突破传统，说服我女儿来继承。我女儿是孙辈中他带得最多的，很亲，果然被爷爷说服。但我女儿不能承诺今后能禁口那些美食，同时也没有把握能记住那些咒语。我父亲最后妥协了，也可能是通过问卦，征得了他的"阴师"的同意，免除了所有法术禁忌、行中规矩，他告诉我女儿：今后有人卡鱼刺了，你就想着我在生的模样，让受伤的喝一口水，就会没事的。

我父亲如此妥协，我女儿也不得不答应了。我问过我女儿，爷爷教的法术有没有效？我女儿说，有几次朋友卡了鱼刺，她有模有样闭上眼睛想想爷爷的样子，然后弄点汤汁让伤者喝下，倒也屡屡得手。

学得这些乡野技艺，不过是我父亲在失去粮站的工作后，调和沉闷寂寞的乡村生活的一星灯火，努力保持着内心的一丝温暖。

作为一个多子女的父亲，他的奋斗目标，不在于会玩多少雕虫小技，像所有负责任的父亲一样，不但要努力养活一家人，还要给日渐长大的儿子们创造未来，首选目标，是要盖上一栋房子，至少要给每个儿子准备一间迎娶媳妇的婚房。

我祖父是一个称职的父亲，为我父亲准备了一间
婚房。后来我弄明白了，这房子是我老祖父的手笔，
是昔日辉煌的"顺生里"的一部分。我祖父是幸运
的，作为一个父亲的最大义务，被我老祖父帮他提前
完成了。

我父亲没有我祖父那么幸运，在我七八岁的印象
中，我父亲还是住在他结婚的这间房，其时我的大弟
弟也已出生了。都结婚成家七八年了，儿子都生了两
个，还挤住在一间祖上传下来的婚房里，这成了我父
亲的一块心病。他在我大弟弟出生后，就开始筹划，
首先应该拥有一间独立的厨房。

我父亲住房的旁边，是我老祖父手里建的厕所，
厕所很大，有正房这么大，不但可供一大家子人使
用，还是那个年代来顺生里做生意买卖的人的公厕。
我父亲没有另起锅灶盖房的能力，唯有把这厕所改成
厨房。

也不知花了多长时间，我父亲的计划完成了，将
几十载的陈年老厕改成了厨房，再在厨房的一个外角
搭上茅草，用来洗澡。把另一个角落，整成一个小厕
所，厕所小到仅能放下一口粪缸，人蹲在粪缸的踏板

上，胳膊便挨着土墙了。至于我祖父以及几个叔叔去哪里洗澡上厕所，我也记不起来了，那时我还小。

有了一间厨房兼客厅兼餐厅的房子，我们顿时觉得家里很宽敞了。这是我父亲成家后八年，创造的第一宗业绩。

很快我又添了个弟弟，加上跟我们过日子的老祖母，已经是六口之家了，要不是我母亲经常带着我老祖母和最小的孩子在学校里过，一间房是无法容纳一家人的。住房的紧迫性，仍然是搁在我父母亲肩上的沉重负荷。在我二弟降生的这一刻起，我父亲义不容辞再度开始了他的筑巢梦。

我父亲的盖房梦，凭他的实力，止于修修补补的层面，他完全没有另起锅灶修建独栋房子的能力。他能做的，仅止于将厕所改成的厨房升高为正房，然后将厨房后面一个人高的土坡，挖出个厨房位置来，这样他就拥有两间正房和一间厨房了。一旦目标明确了，我父亲就像愚公移山、燕子衔泥般开始开挖地基。他没有财力请人帮忙，只能依靠自己的锄头和肩膀，一担一担挖出来，挑出去。生产队统一出集体工的时间是不能占用的，也没有胆量占用，集体的事是大事，个人的事总是小事，留给我父亲挖地基的时间，只可能是没雨的早晨和傍晚。他计算过，这批土方所要耗费的时间，要么是一年，要么是两年。要把这块地挖出来，会比愚公移山轻松，却比燕子衔泥辛苦。那时候我满了十岁，从母亲的班上初小毕业后，在离家不远的原"敬宗堂"里读高小。作为农民子弟，我已经能做很多事情了，早早晚晚做完作业，就帮我父亲去装土，他挑我装，配合得很默契。

我没有计算过，我父亲挖出这个厨房地基，究竟花了多长时间，只是在我名义上的初中快毕业时，我父亲总算才将厕所又改成了厨房，于是我父亲拥有了两间正房，一间厨房，还搭了个能够喂猪的茅草棚子，厕所也搬到猪吃食的石槽旁，宽敞了许多。只是人在如厕，猪没事，近在咫尺，盯着人看，眼都不眨。开始有点不自在，很快也就习惯了。想想它又不是人，又不会出去讲，看了又怎样？

在我父亲成功地拥有了两间正房、一间偏房时，他膝下已经有了三个儿子、一个女儿。

显然这个成功的快慰，并不能维持多久。女儿是要嫁的，不必考虑她日后住哪里。但作为三个儿子的父亲，与给每个儿子准备一间婚房和一个能做饭吃的地方的目标，还相差甚远。

我父亲自成家以来，花了十几年的工夫，才创造出两正一偏房的业绩，还要花多久才能达到"称职父亲"的水准呢？他来不及过多地欣赏自己的成就，眼看着我们兄弟一年比一年长高，他一定是着急的，时光不等人啊，于是我父亲又开始向新的造房计划奋进。

在二十世纪八十年代前，乡村建筑材料，主要是三大件：土砖、檐瓦、木材。土砖不必花钱，自己动手用田泥做，有气力，花时间就行。瓦必须花钱买。至于木材，就不是出钱能解决的问题。

很快我就十五岁了。我的十五岁，是值得赞美和纪念的年纪。这一年，我能挑一百多斤重的担子了，我一家人用水，要到屋前的河里挑，河塘很陡，空手上下都有些吃力。在我十五岁前，我只能用装五六十斤重的小水桶往家挑水，要挑七八担才能装满水缸，一家人节约着用，一天至少也要用一缸。我上学去了，我父亲挑水。我回家了，就是我的事，进门就操扁担下河挑水，不用看，水缸必是空的。满了十五岁，我突然能用装百多斤重的水桶挑水了，开始挑上河墈时，要放下担子，歇一肩，喘口气，方可继续前行。锻炼了几次后，不歇肩，一咬牙就挑到了家，尽管肩膀要疼几天，一旦不疼了，我就有我父亲那么有力气了。

十五岁这年，我们生产队四个同龄的孩子，不满队长还把我们当作半劳力看待，拿妇女一样的工分，我们独自使用一只打谷的箱桶，割禾、脱粒、送谷入场，一条龙完成，我们凭实力，拿到一个劳力的酬劳。

十五岁这年，"文革"到了炽热的地步，我母亲作为教师，和所有知识分子一样，受到了"运动"的烧烤。有一天我下河挑水，听到我们屋场一个激进的远房叔公眉飞色舞宣布，要把我母亲揪出来斗争。那时候的我热血正旺，也顾不上长幼之分了，我放下水桶警告他，叫他不要带头去干六亲不认的事情。那时是"斗争"高于一切的时候，我这叔公转而严厉训斥我不要干扰无产阶级"文革"，斗了几句嘴，身为长辈的叔公脸上挂不住，随手操一根竹棍要教训我。我毫不犹豫抽下挑水的扁担，高喊着要打死他，快步朝他冲去。这时他慌了，扔下棍子往房里躲。

　　我挑水要经过他门口，他常蹲在自家门槛上抽旱烟，抽了烟就咳嗽，他从河里挑半担水上来的力气都没有，断然不敢与我这挑百斤重担的汉子动手的。这时他妈——我老叔婆出来解围，说她儿子谁都可以去斗争，就不能斗争我母亲，毕竟是本家人嘛。也批评我，不能说打死叔公的话。我那时力大气粗地在院子里高叫：谁敢斗争我妈，我就打死他！我们这院子里的五六户人家都出来看热闹。我听到有人小声夸我：这伢子成大人了。

　　十五岁这年，学校快放寒假了。有同学气喘吁吁地跑来对我说：区上礼堂开斗争会，你妈也在台上。我不假思索，冲进学校食堂，摸了一把菜刀，插在腰上，就往区上冲。那时的行政级层是县、区、公社、大队、生产队。一个区，一般有一所中学，学校一般就设在区政府所在地。见我如此冲动，给我报信的同学脸都吓白了，赶紧去叫人。刚跑出学校门，我在校外冬水田如镜的水面上，发现后面晃动着几个身影，好几个同学跟上了我。几分钟后，我们来到区礼堂，我挤到舞台旁，见舞台上站着十几个老师，有的被绳子绑住了手，我母亲还好，没被绑。我就靠我母亲附近站着，一手摸着菜刀把，我想斗争我母亲没问题，只要谁敢动手打她，我就冲上去砍他。我的几个同学紧紧地挨着我，以防我动粗。我对他们说：只要他们不打我妈，我不会乱来的。要是打人，你们就不要拦我，我也是贫下中农，我怕谁？那时候贫下中农的招牌很硬，俨如时下的时尚句子"我爸是李刚"。好在这场斗争会开下来，没人打我母亲，不然真会有血案发生。

十五岁，多么血性的年华。起念杀人，也只有这个年纪敢。

作为社会最底层人家的十五岁孩子，我开始把自己当作一个大人，我相信我能够保护我的母亲。当我真正把刀掏出来，打人的人是会害怕的，这就是一个人长大了的价值体现。

作为一个家庭的十五岁的孩子，我的父母亲有了紧迫感，因为吃媒人这碗饭的信息很灵通，一旦知道谁家的男孩能挑一百斤重的担子了，她马上就登门了，因为她手里有一大把女孩子要推出去。那时乡村没有自由恋爱这一说，媒人是唯一的中介。在我初中毕业的最后一个星期天，我回家时，家里坐着几个客人，其中一个姑娘蓄着一条又粗又黑的大辫子，一直拖到腰上。姑娘是什么样子？我没看，家里来了些什么客人？我也没看，但这条好看的辫子，是记下了，以后的几十年，我再也没有看到过这么好看的辫子。

我老祖母把我拉到一边，说：你看看那个女孩子。那是媒人给你介绍的姑娘，她家条件不错，父亲是个郎中，你妈说要你看看。

我母亲没时间回来，请媒人带到家来的，因为这天我是必定要从学校回家的。

突然发生的这事，令我不能接受，我还没有想过这方面的事。我觉得这事离我还很遥远，我当即就从后门溜出去了。

过一会儿客人走了，我老祖母问我看了没有？我说我才十五岁呢，还想读书呢，你希望我以后像我爸一样一辈子看牛屁股？

我老祖母想了想，连连点头说是的是的，要是你在乡里成了家，有了孩子，你就出不去了。你要像你二舅那样，出门，出远门，办大事。

其时我二舅在县文化馆工作，四乡八里的人都知道我二舅书读得好，字写得好。我老祖母是我们家最开明最有远见的人，她不希望我当农民。后来我父母亲都没有说起这件事，估计是我老祖母说服了他们。我觉得我那时还是有一点远见的，在我前途未定的年纪，就是貌如天仙的女孩子，我也不会当作对象来看。我有个本家邻居同学，与我同年，也是在十五岁这年，媒人带了个女孩来家，结果糊糊涂涂第二年就生下个孩子来。当然，他们可能觉得这样很好，而我却不觉得。

因为我一下子就有了十五岁，我父亲决心开始做更大的事情——离开老屋，另择地点，盖一栋单门独户真正意义上的房子。我父亲没有我老祖母浪漫，他不敢设想我会像我二舅那样有出息。他宁愿设想我的未来在乡间，那样作为父亲，他就要趁早谋划给几个儿子每人准备一间婚房了，我父亲一生注重实际，从无空想。当我十五岁就具备一个大人的力气时，他开始谋划新的盖房计划。

我父亲准备花五六年时间，大约在我二十岁成家的时候，彻底改变原有居住条件，在后面的竹园里盖一栋坐北朝南的独立房子。有言道："要得子孙福，坐北朝南做栋屋"，这是我父亲，也是所有乡党向往的最高的造窝理想。原有的房子与住着几十口人的屋顶连成一片，前抵墙后抵坎，昏暗潮湿不通风，连晒衣服的地方都没有，这不是我父亲想要的。我父亲的伟大理想，与所有乡居并无不同，无非是三间正屋，外加一至两间附屋。三间正屋，中间必是堂屋，正面墙上，是摆放历代祖先灵位的神龛。婚丧喜事，来客接待，都在这完成。左右两间，隔成四小间，今后我父亲的三个儿子，每人分一间，父母亲住一间，这样我父亲就完成了他的人生义务。

花五六年时间盖一栋屋，说长也长，说短也短。有言道："做屋造船，彻夜不眠"，只要一动手做屋，一家人的整个心都会扑在上面了。长时间的劳心劳力，非得坚韧毅力支持方可。说短呢，花五六年时间准备建筑材料未必能完成。这几年的时间里，主要是用来准备瓦和木料。三间并不大的房子，要近两万片瓦，那时候我家的经济状况，在乡下是令人羡慕的，因为我母亲有一份工资，身上可以掏出钞票来。而一年到头看不到钱的人，比比皆是。但我父亲是算过账的，我母亲的微薄薪酬除去家用，积余的拿出来买建材，也要好几年时间。

　　每当积下了一车瓦的钱，我父亲生怕因什么急事而花掉，赶紧去买一车瓦，只有变成了建筑材料，离他的梦才又近了一步。

　　瓦厂离我家有十来里地，来去要走两个多小时，拉瓦的车是自家的独轮车。大白天要出集体工，雨雪天气出不了门，我父亲只能在天气好的早晚去拉瓦。鸡叫第一遍（凌晨三四点钟）就出门，回来赶上出集体工。晚上收工就出发，繁星满天回家吃晚饭。我不知跟我父亲去拉过多少车瓦了，在漆黑的弯弯曲曲的山道上，我父亲在后面推，我在前面拉。我们的眼睛特别好使，只要有熹微天光，足以照亮我们的脚下。我的视力在年过花甲时，仍是年轻人能看多远，我就能看多远，这是不是得益于年轻时艰苦环境的磨练呢？我认为是。但我们也有失足的时候，有一次我们的车子在拐过一块岩石时，弯绕早了，我感到肩头的绳子一紧，车不动了。回头看，车头卡在石壁上，而我父亲则被车把甩到路坎下的田里了，只见他高举着手，撑住其中一个车把，车子总算保持平衡没有翻下坎，不然一车瓦就会摔得粉碎。父亲让我使劲压住另一个靠岩的车把，他爬上坎来，推车继续夜行。还好，人没伤，瓦没烂。是我拉车拉急了？还是我父亲打瞌睡拐急了弯？我父亲不曾去总结，只要瓦没烂就好。

我断断续续帮我父亲拉了两年瓦，在我十七岁那年离开家乡，参加工作了，就不能帮我父亲了。我走后，我的两个弟弟相继长大，诸如拉车之类的活，他们接下了我的班。

最难筹集的是树。一栋小小的房子，至少要用两百棵树。在我的老祖父时代，我家有不少山地。中华人民共和国成立时虽说充公了，因山地太大，生产队也管不过来。但大家心里都明白，哪块山是哪家的，有事没事还是要去看看"祖业"，就如是亲生儿子过继给外姓人了，心里还是记挂的，毕竟是自己的亲生骨肉。我父亲是记得自家山地的，但是在他盖屋时，那山上的树却不能使用，成了集体山林。其时村民盖房，按规定，只能砍伐几十棵树，而且要出钱买。除此之外，就是出钱也没有树买。除了能出钱买的，从老屋上拆下来还能使用的，我父亲的房子用木，还有一半的缺口。

当然纵使有缺口，屋还是要做的。不光是我家有缺口，所有试图要盖房的人家，都有缺口。怎么办？唯一的办法是去山上偷，其实也不能算是偷，应该叫拿，或是叫取。山里人靠山吃山，靠山用山，这山上像样的树，无不是我们的祖祖辈辈栽培而长成长大的。本是自家的东西，何偷有之？但时世变了，没有被批准而砍伐的，就是偷！一旦被发现，被抓到证据，就要没收，被处罚，被斗争，严重的要判刑。但不管处罚如何严厉，乡人的儿子都要长大，长大了就要结婚成家，另起锅灶分开住，家里实在住不下了，屋是一定要做的，这是所有人面临的现实，躲也躲不开。盖房子需要树，买不到树，冒着风险也要搞树，就这么简单。

显然，谁也不愿冒风险，没有办法的办法，就是向蚂蚁学习，我们很小的时候就知道"蚂蚁搬砖"的说法（我也不知道有没有这么一个成语），只要有毅力，蚂蚁可以搬动重于自己体重百倍千倍的东西，何况是人。

我的老乡们弥补盖房树木不足的办法，大都是一样的，大家心照不宣，早早晚晚避人耳目，去山上搬。

我父亲也不例外。

上山"偷"树比公开买瓦辛苦多了，只能在人们都不愿出门的恶劣天气，将树弄回家来。新树不能放在显眼的地方，要用茅草柴禾遮掩起来。常有一些人"偷"树遭到拦截和处罚，是因为贪图舒适，没有选择最坏的天气；还因为贪睡，起床晚了；再是弄回来的树也藏得不严实。我父亲比一般人强，吃得苦中苦，又生性谨慎怕惹麻烦。他会选择风雨交加冰雪漫天、伸手不见五指的时候出门，又会先想好收藏的办法才动手。

在我参加工作后的第三年，我父亲完成了筹备工作，开始做屋。按我们乡中惯例，二十一岁的男孩无论如何也该成家了，可以完成他的预期了。不过这时他也知道，我有工作了，不会享用他的福利了。但是他为儿子们准备的三间婚房，并没有因我出门了而富余，在我参加工作那年，我最小的弟弟降生了。

我父亲的宏伟工程得以顺利展开，当然也与我有了工资能够支持他有关。在我二十一岁这年，我父亲如期完成了他的梦想，他拥有了三大间（五小间）新屋，保留下两间旧房做杂屋，而且没有欠账，成为当地唯一做完了屋没有债务的特例。他很有面子。

149

　　但是我父亲只在他的杰作中住了不到十年，就离开了故乡。

　　在我参加工作的那一天起，我的理想就是不能让我父亲再下地种田干苦活了。几年之后，我在县城站稳脚跟了，不久我开始发表小说，而且自小说处女作引起注意后，立马收到来自十几个刊物的约稿信，从此凡是能够拿出手的作品，没有发表不了的。也就是说：产销对路了。而且当时的稿费很高，我花两三天时间写成的一个短篇小说，稿费相当于我两个月工资，有了这一份看得见把得住的收入，我觉得我完全有能力实现我当初的理想，要我的父亲解脱了。

　　我通知我的父母，让他们来城里生活。

　　一个星期后，我找了一台货车，连人带家当把他们拖进了城。这一年我父亲还没满五十岁。我父亲站在敞篷车上向乡亲们告别，那些目送我父亲的眼光，除了羡慕还是羡慕，在他们的经验中，没有看到过一个农民不到五十岁就不干农活了的。

　　从此我父亲过上了连他自己都不得不羡慕的生活，吃饭、睡觉、逛街，一天又一天，天天如此，年年如是。这样过了不到十年，我父亲中风了。中风的原因很简单：生活的突然改变，从大忙人到大闲人，从做得很苦到闲得发慌，从如鱼得水的乡村生活到陌生冷漠的市井日子……我父亲只活到六十多岁，是我的长辈中寿命最短的。我父亲的短寿成为我后半生的长久隐痛和自责：要是让他留在他的乡村和他亲手缔造的房子里，嘱他不干重活而继续做礼生、寻草药、治疮毒、画蛇水、玩狮弄拳，他一定会长寿，一定！我把他搬进城，究竟是好了他，还是害了他？这个问题始终在我内心折腾，也一直没有找到答案。

我父亲临终前，对我说的最后一句话，是让我经手把他盖的房子卖了，然后分给他的五个子女。

他唯一留给我们的祖业亦或说财产，就是这一栋闲置了十几年的房子。尽管他为儿子们准备好的房子，没有一个在里面结过婚，但作为父亲，该他做的，他确实成功地做到了。据说其时这栋房子仅值三千元钱，相当于我花一个星期写的一部中篇小说的稿酬。但我父亲和我们都不会这么去估价，因为这栋房子凝结了我父亲多年的心血，这个价值是无法估量的。

我对我父亲说：这个房子我们不卖，要作为祖业，留下来，做个"眼界"（纪念）。看见它，便看到了你。

父亲说：也好，也好。说完，他就平静地睡过去了。

我想我父亲也是不愿我们卖掉他的心血的，只是，作为父亲，他想留给我们一份遗产作为留念，但他拿不出现金、古董、存折什么的，他只有一栋房子。

我们在故土上安葬好父亲。当年和我一起砍柴种地的小伙伴告诉我，属于我父亲名下的一块山地上，我父亲栽下的树，长得很好，都已经能用于盖房子了。

我记起来了，父亲住到县里不久，叫我给了他一点钱，他要买些树苗子回去栽。

我明白，父亲是要把当年做屋时"偷"用了的树，给补上。

八

如凛如然

　　我母亲在我们这个大家庭里的地位很高。在我祖父的四个儿媳妇中，只有我母亲在1952年就拥有高小毕业文凭，并因此而成了能拿到工资的公职人员。我母亲是她这一辈以及上几辈家人中唯一的知识分子。加上我母亲娘家曾出过秀才，文脉相传，在地方上颇有影响，我几个舅舅向我母亲看齐，陆续都谋到了公职。这些口碑的积累，成全了我母亲在我们这个大家庭里的声望。

　　我母亲高小毕业于我县有名的小学校——杜子庙小学。杜子就是诗圣杜甫，杜甫公元770年病逝于此，后人为了纪念他，在他的墓前盖了个宗祠，其实不能叫庙，庙是供菩萨的，杜祠不供菩萨，也不知怎么被叫成了庙。我很小的时候就跟着大人叫杜子庙，但不知道"杜子"是什么意思，也没有人给我讲解过杜甫，那个时代，我们这乡下也不知道诗有什么用，诗人又不会种地，也就不必要知道。

杜子庙的最后一次维修，是平江清代才子——曾国藩的幕僚李元度等牵头操办的，在庙里加了个内容，叫作铁瓶书社。中华人民共和国成立后书社改成了学校，我母亲和三个舅舅小学都毕业于此，自清以来的琅琅书声，从无间断，吟唱至今，多少后生于此启蒙，迈向文明。

我外公外婆开明，让我母亲也背上了书包，在那个时代，是不容易的事情。但不知什么原因，我母亲上学太迟，在18岁出嫁这年，也就是现在的学子考大学的年龄，我母亲才念完初小。

那是一个推翻了旧世界、正在建设一个新世界的最为火热的时代，我们是无法想象那种滚烫的。我母亲虽说仅念完初小，但她已经是乡村里的知识女性了，凭这点文化底子，足以了解到社会发生了什么。她在这个时代应该充当什么样的角色？她毫不犹豫选择了继续学习，只有通过学知识，她才能融入这个社会，她不甘心自己成为她所看到的身边已婚妇女中的一员。

　　我母亲在结婚后不久，就下定了要回杜子庙继续学习的决心，我不知道她是怎样获得了我家和外公外婆的支持的。在她成功争取到重回学校去当插班生时，她已经怀上我了。在怀上我们家的头孙这样的关键时刻，她还能住到娘家去继续上小学，可见我的长辈们是如何的宽容。

　　就这样，没结婚的老师和普遍比我母亲小近十岁的同学，看到我在我母亲的肚子里慢慢长大，一直到见证我的出生。我与我母亲一起参加了她的毕业考试，并拿到了高小毕业文凭。

　　其时比我母亲小九岁的二舅，同我母亲一起早出晚归上学，他们从家带菜、带米、带柴火，在杜子庙外的某个角落弯里，架上几口草砖，烧火做一顿中饭，才十岁的二舅承担了照顾我母亲的责任。

　　在我母亲给予我的胎教生活中，有过几个月的野炊体验，以至于几十年来，我最大的餐饮兴趣：一是无论到哪里，都渴望吃到最富乡土特色、做法最正宗的食物。二是能够在室外吃就不到室内吃，能在小店吃就不到大店吃，能在特色菜馆吃就不到星级酒店吃。最喜欢的是在有风景的野外吃，崇尚"秀色可餐"的饮食野趣。遗传是怎样形成的？大致是这样形成的。

在我出生前的这个冬天，下着大雪，我母亲腆着个大肚子，坚持上学，拄着拐棍，一步一探地小心走着，她不担心自己，她是在山路和雪地里摔大的，她担心肚子里的我，这是她第一次怀孕。

我母亲的小心并没有如愿，她在我二舅的眼皮底下，失脚滚下了一个山坡。我二舅吓得大哭起来，他找到我母亲时，她滚成了一个雪球。我不知这场事故，给那些盼望我这个长孙健康面世的长辈带来了多大的惊吓，好在来年春暖花开时，我照样顺利降生。

我为能够陪伴母亲在一个供奉着一位伟大诗人的祠堂里，接受完整的胎教而且在雪地里滚成雪球仍安然无恙而感到十分荣幸。

作为女性，我母亲手里的高小毕业证在中华人民共和国成立初期闪闪发光，她还来不及学习如何当好一个哺乳期的妈妈，就被公社（乡）调去当了干部，很快出任公社妇女主任。因为革命工作繁忙，我的长辈们不得已轮流抱着我，送到我母亲那吃奶，她走到哪，就赶到哪。不久我母亲离开行政岗位，当上了小学老师，或许是考虑到方便照顾小孩吧，也许是她不适合当基层干部。

我母亲一直在非常小的学校里教书，这种地处偏远的山村小学，一般只有十几二十几个学生，这么点学生还要分成四个年级，四个年级的学生坐在一起上课，一节课须分成四部分讲，一个年级讲十分钟，不然另外没课听的学生便要打瞌睡。我母亲是老师校长一身兼，语数音体美通吃，真正的全科老师。

在我母亲从教的前二十多年，这些最底层的小学还没有修建学校的财力，要么是设在废弃的庙里、祠堂里，要么是找一家堂屋大点的农户。二十多年间，我母亲平均每两年换一个学校。我在我母亲手里启蒙，读了四年初小，就换了三个学校。三个学校有两个是没有了菩萨的小庙。有一间小庙的大门弯里，放着两根漆成红色的用于抬棺材的木头，叫作"龙杖"，凡附近农家死了人，要抬棺材上山掩埋，便来这取，用完了，又放回这里。龙杖很长，农家的房子矮，搁不下，庙堂比民居高，就寄放于此了。学生们就坐在送走一个又一个亡人的龙杖旁完成学业，也没有觉得有什么不好。

　　而我母亲被安排到这任教不久，就感觉到不好
了。某晚夜深人静，山冲人家灯火尽灭时，她听到门
弯里的龙杖互相碰撞，"咯咯"作响。她还在备课改
作业，举灯来看，没有找到声源。刚睡下，又开始
响……也不知这一夜是怎么度过来的。第二天早起，
向乡中长者请教，老人说：不要怕，是庙门弯里的龙
杖响。龙杖闹，就有活干了，要老人了。

　　这里使用的"老"字，就是"死"的意思了。果
然半晌午传来消息，不远处有人死了。后来又应验了
两次，果然一旦龙杖响，附近即有人亡。这样我母亲
就怕了，只要听到龙杖响，便点亮了灯，然后到附近
的屋里，叫个学生家长来做伴，度过漫漫长夜。至此
我母亲不得不提出调动工作的要求。她只在这个学校
教了一个学期，便举家搬到另外一个学校。

　　两年后，我母亲在一个老旧的小祠堂里任教。
周围有不少大树，被称作"神树"，树下供着一个土
地庙。为什么"大跃进"时没有砍掉这些树，用于炼
钢呢？因为第一个去砍树的人，斧头砍下去，没有砍
到神树的树身，砍的是自己的脚。大家认为是神明显
灵，都撤退了，保下了这一片大树。我母亲在这里也

只教满一个学期，便申请换了地方，因为常常在夜深时，听到有人敲门敲窗。要么是人使坏，要么是鬼作乱，都是足以让我母亲害怕的事件。我母亲抵御害怕的唯一办法，只是挤到我和老祖母的床上来睡。

我和我母亲在乡间小学生活的时间不长，诸如此类的惊吓害怕，我母亲可以讲个几天几晚。但我母亲并无怨言，因为她的同事们无一例外地也要经历这些。在我母亲上了年纪后，我给她分析过：那龙杖发出的碰撞声，也许是风吹的结果，我母亲也觉得有道理。但是，怎么头天晚上有了动静，第二天就真有人死呢？我分析祠堂敲门声，许是大树上的啄木鸟夜间觅食吧？她说怎么也像是人的手指敲出的声音……后来我明白了乡村小学教师要频繁地调动工作，是要让大家知道，在哪里都可能发生不如意的事情。很多地方没教室，只能设在庙里，总不能因为在庙里上课不合适，就不办学校了吧。明白了这个现实，大家也就只能选择随遇而安了。

我母亲从教二十多年，像陀螺一样轮番在本乡的十几所学校任教。我们兄弟姊妹五个，都在她任教的学校里接受初小四年的教育。

我母亲教出的学生，也可以用难计其数来形容。但绝大多数送子女来上学的，其目的不过是让孩子开开眼睛，能认得自己的名字，日后出外不至于上错厕所，就行了，结局还是留在乡间当农民。因为没有成材，更没有出人头地，也就没有人觉得他的人生与启蒙老师有什么关系。"师恩如山"的感受，在他们的卑微人生中无法找到，因为读书并没有改变命运，最终的检验证明：书成了可读可不读的东西，于是老师也就无用了。

也有少量的通过大学之门出了头的，他们最要感谢的是高中任课老师，附带上初中的任课老师，他们高考中榜，与小学老师实在是没有什么联系了。自二十世纪八十年代以来，每年高考放榜后的"谢师宴"都成为一大社会亮点，城乡各个像样的饭店，无不在这个时段赚得盆满钵满。我母亲没有享受过谢师宴的待遇，我母亲逝于2016年，在恢复高考后的近四十年中，我母亲耳闻目睹了每年的谢师热浪，但她并没有委屈感。其实她是一个好强好胜的人，可以受苦，不能受委屈，但在这个问题上，她不以为意，和所有小学老师一样认为谢师宴确实与小学老师无关。

在我看来，二十世纪八十年代以前的山区小学老师，是这个行业中最艰辛的群体：没有专门的学校，因而就没有教工宿舍，没有食堂，没有教室，教室通常就设在庙堂、祠堂和农家堂屋里。

能称"堂"者，是乡间能坐几十个孩子的最大的房间。堂，必处于房子的中央位置，中央的最大问题是没有窗户，采光就靠两扇大门，无论风霜雨雪，酷暑烈日，上课就要开门，门洞开了，蚊子、飞蛾、蜘蛛、猫、狗、鸡、鸭及闲来无事的左邻右舍，都可以随便出入观摩，听老师讲课，聆听孩子们的朗读。我母亲在这样的"教室"里教了二十多年书。在快退休的最后几年，才有幸走进了新建的学校，当上了一个有权可以排除干扰，任意关门上课的老师。

我母亲在她那不成体统的教室里，带大了我们兄弟姊妹五个。她一边上课，用箩筐做的摇篮就放在讲台旁边，很多时候是手在写字，脚踩摇篮。讲课与给孩子喂奶、换尿片浑然一体，难分难解。孩子们下课给老师带孩子天经地义，已成一道风景。一些学有所成的学生，不会请我母亲去吃谢师宴，却记住了曾经帮助我母亲带过孩子，而且有热尿淋背的体验。另外可能记住的是，我母亲曾补过他们的衣服。

在我母亲教过的学生中，有一个共同处，就是找不出不穿补疤衣服的，补丁叠补丁者不在少数。有些破烂到露腋窝露肚脐露胯裆实难入目时，我母亲也不得不给他们缝缝补补，毕竟学校是个斯文场所，学生衣衫褴褛，老师也脸上无光，我母亲很注重这个，于是她经日久操练，能做出一流的针线活来。我记得我们家在二十世纪七十年代，就拥有了一台令人羡慕的二手缝纫机，这是我那做缝纫师傅的大舅妈的吃饭行头，用旧了，便多少算点钱，卖给我母亲了。我母亲的业余时间，基本上是坐在缝纫机上，她有干不完的活，学生的，家人的，左邻右舍的，娘家那边老老少少的，做新衣，改旧衣，补破衣……我的衣服小了，改给弟弟穿，弟弟的又改给弟弟穿……新三年旧三年，缝缝补补又三年。我的父老乡亲们，无一不在这个普遍生活水准中生存，我家也不例外。我母亲那点工资，能保住一家的口粮就万幸了，穿就顾不上了。我母亲对这台老出毛病的缝纫机爱不释手，请不到维修师傅，就我父亲和我来修，而我的修理技术，很快超过了我父亲。后来我母亲退休了，同意搬到县城居住，她坚持带走了这台立下了汗马功劳的缝纫机。但一到县城，它就失去了功能，在县城里生活的人，很少有穿补疤衣的，不会有人请我母亲补衣服了。但我母亲还是没有扔掉这台功劳卓著的缝纫机，做了个布套子盖上，当作茶几用。

　　除了寒暑假，我母亲每一天的时间都不够用，除了完成一个教师的职责，还须完成一个农妇要干的活计。清早起来，要将房间尿桶里一家几口积累的尿提出去，在田边或小溪里兑上水，浇到菜土里，山里没菜卖，也没有买菜吃的习惯和经费预算，不种菜就没有吃的；柴火一般是我父亲送来或是去山上捡一两天，但也有断顿的时候，这样我母亲周末还必须去山上弄回来一点烧的；别的妇人一日做三顿饭，我母亲也不例外，有时候特别贫困的学生中午饿肚子，我母亲还要叫到家来吃；有的孩子实在交不上学费，我母亲不忍心他们辍学，只好先让孩子们领到书籍课本，读上书。学校的书籍费是要老师去收的，上面根据人头费在老师的工资里面扣，收不上来就是老师的事了。我常见我母亲因本就微薄的工薪又薄了许多而长吁短叹，说怎样都不能再替他人垫付了，因为从来就没看到哪一个家长还了欠的学费的。尽管如此，每个学期我母亲还是在代付学费，因为这些特困户也不是想赖账，实在是拿不出现金来，但他们心里还是想报答的，回报的方式：要么是送来一担精选的干柴、要么是一包鸡蛋、要么是一包干菜、要么是一包茶叶、要么是一包笋干，实在没什么好拿的，也要送点新鲜瓜菜。面对这些心意，我母亲的心马上软了。

像这样的特困学生，他们不知道什么叫谢师宴，但在以后几十年的话题中，只要是关于读书的，他们必要提到我母亲，会感慨万千地说，要不是李老师，我四年书都读不完。

经常拿不到满工资的母亲，明明知道这些贫寒学子的求学目标，也不过是能写读出自己的名字，回报是没有的，但她还是按部就班、认认真真尽一个老师的责任，她实际上比一个农妇辛苦多了。农妇忙到天黑，也就可以倒头大睡了，而我母亲要在安顿完老人孩子睡下后，才开始批改四个年级的学生作业，准备明天的课程。在我母亲所在学校的这个小山冲里，万籁俱寂，亮着的最后一星灯火，必是我母亲房间里的，年年如此，夜夜如是。

　　我母亲患下的职业病是"神经官能症"，头疼脑晕、彻夜不眠的毛病伴随她一生。我小的时候，就常见乡村医生试图替她止痛的银针，扎满一头一脸，密如丛林，银光闪闪，望而生畏。为治这种难熬的顽疾，我老祖父还推着独轮车送她去长沙看病，路上要走三天。我参加工作后，几乎每个月她都要来县里看病。看的是老病，她也知道这是治不好的病，更没有特效药。她是被失眠折腾得实在受不了啦，便习惯性地往医院跑，寻求精神的慰藉，她是在努力安抚自己：你到过大的医院了，见过好医生了，对症下过好药了，你别再担心这个病了……安抚过心灵后，我母亲会有一个短暂时期的较好睡眠，但周期性的反复会很快再现。很多时候，夜半发作，则是由我父亲来治理，我父亲不是医生，他只能求助神明菩萨，搞精神治疗，半夜披衣起床，备上香烛火纸，黑灯瞎火，来不及去寺庙敬奉，便当空念咒跪拜请神，一套功夫做得有模有样，求得一杯神茶，让我母亲喝下，往往也能让我母亲昏昏睡去，赢得第二天能够神情饱满走进教室。

　　我母亲退休后，仍没能够摆脱这种毛病的纠缠。

在我父亲逝世后，发作得更加频繁，后来我调到一个比县城大的城市工作，我接她在我那治病，有一天，我骑着摩托车，带着她换了三个医院看了三个医生，吃下几种药，还是无法催眠。医院没办法了，便改变治疗方式，把医生请到家里来看病开药。最多一天，看六个医生，拿六次药，总算让她在夜半睡去。我们也曾尝试过别的省事的办法，有时她熬不住了，我便装作赶紧出门买药，在外转一圈，随便找两粒药给她吃下，说这药是新产品。她坚信了这种可能，药到神安，安然入眠，醒后大赞这药有效。当然这种办法不能常用，如果把戏让她看穿了，就少了一个救治的门路。

我母亲好强，凡她任教的地方，少有不得先进的时候。能者多劳，凡拖后腿的学校，上面便要派她去改变面貌，明知这是难事，虚荣心支撑着她总是乐于接受，而过后也总是后悔。她把我们这个家的大大小小要操心的事情，全都揽在身上，我父亲仅是一个忠实的执行者。除此之外，我祖父及外公膝下众多后裔的芝麻皮屑的琐事，她也乐于插手帮助，大家也都乐于求教求助于她。她的二手缝纫机不知给她的晚辈服过多少务，我母亲看不得她的学生衣衫褴褛，也看不得她的至亲后裔衣冠不整。

我母亲精神与体能超越常人的消耗，成为她神经官能症不可治愈的根源。

我母亲的性格特征是心直口快，嫉恶如仇。试想想，在我们这个讲究"温良恭俭让""退一步海阔天空""让人不是怕人"等忍让文化的国土上，哪一个心直口快、嫉恶如仇的人，有什么好日子过？我母亲一旦与人较上了劲，大有血战到底的勇气，一般是对手拱手收兵，败下阵去。但她因此而得罪过什么人，就不得而知了。被得罪的人，什么时候给小鞋穿，更是不可知。

尽管我只正儿八经读过一年初中，但还是取得了初中文凭。本来以为初中毕业后，就没有书读了，而此时突然来了个"复课闹革命"的精神，还要在母校开设高中班，这样我们不必考试就上了高中，成为这所学校的高中元老。但老百姓很少有人相信读书还有什么用，积压了好几届的初中毕业生，都不打算来读不用考试的高中，全区勉强凑了26个高中生，叫高一班。我的高中同学，有初中未毕业的，有"文革"前比我高几届的老初中毕业生，一个班，年龄相差有六七岁。

这一届高中班学制设定两年。还没毕业，有同学就被招工到县里新组建的毛泽东思想文艺宣传队（原县剧团）当了演员。一个农家子弟，在读学生，突然就吃上了"皇粮"，拿上了工资，端上了铁饭碗，这个从天而降的现实，令我发蒙，根本就没有心思上学了。

我跑到我同学那里打听消息，他说县上招工的来了他们公社，听说他个子和形象都合适当演员，叫他去看了看，唱支歌，就招工了。这么容易啊，但这么容易的事，该如何降临于我呢？

我第三次去我同学那里玩时，老天爷给了我一个机会：宣传队急于配合上面的精神，要出一期黑板报，而新招来的演职员，小的还只有十三四岁，没有一个会写粉笔字的，正好我闲来无事，我就主动申请由我来办。我进初中不久就担任学校墙报编辑，一块有二十多米长的露天墙报，每周要换一次内容，也不知写完了多少粉笔。办黑板报，画画写写，伸手就成。

这活我一天就干出来了，黑板报设在食堂旁，所有人都看得见，都说办得好，尤其是宣传队领导说好。问是谁办的？我同学就介绍了我。再打听，是某某的外甥——我二舅在电影院工作，画幻灯片，与宣传队是一个系统。我二舅趁机向宣传队领导推荐了我。

在我离高中毕业考试两个多月时，来不及办招工手续，县里向区里打招呼，抽调我去宣传队参加革命样板戏《白毛女》的排练。我是中途插进去的群众演员，演地主黄世仁的狗腿子，拿一支木枪，在舞台上跑几个来回就行了。戏份少，我坚持复习功课，准备参加高中毕业考试，还是想要拥有一张文凭，不管有没有用，总算是个毕业证明吧。就像我母亲，肚子里怀着我，也要拿到毕业证。

芭蕾舞剧《白毛女》上演后，我赶上了高中毕业考试，成绩不算好，但门门功课及格。不过学校不给我发毕业证。理由是县上借调我，只通知区上，学校是不同意的。为此我急，我母亲更急，她可是个热爱毕业证的人。我找我的班主任和任课老师，他们均表示帮不上忙。我母亲任教十几年，与校方也是熟的，她三番五次去学校索要，软语硬话一起上，仍是无济于事。

后来我填写各种表格，学历一栏，只能写上：高中肄业。

　　当初借调我去宣传队工作的领导，得知我要不到毕业证一事，生了气，说：不要那个东西了，你来上班就是。于是我就不再想毕业证的事，来宣传队上班，很努力地干活。我当时的本职工作，一是做演员，跑跑龙套。二是协助画布景，搞舞台美术。而政治思想方面的宣传工作，单位上是没有专人的，不用安排，我主动全包了，业余时间几乎全用于此。其时政治活动多，毛主席最新指示一下来，全城立马就有了宣传声势，所谓宣传，就是上街找墙壁写大幅标语。其时单位之间的暗中攀比厉害，我们宣传队是文艺部门，断然是不能落后的，我总是有办法抢到醒目的地方，为宣传队占据一席之地，因此我们单位经常得表扬，尔后我又得到单位表扬，这令我很有自豪感。

　　我母亲从小给我的印象就是不甘落后，我无形中受了她的影响，从不让宣传队落后。

　　我的工作表现，大家有目共睹，宣传队领导也很看好，马上派人下乡去给我办招工手续。手续也简单，叫作"搞政审"，即政治审查。如没有政治问题，让公社和大队两级在政审表上盖章即可。

　　但是在我的招工问题上，碰到了很大的阻力。在半年多的时间里，单位先后派了十三批人，去公社和大队给我办招工手续，也就是说，平均每月有两批人去找人给我的政审表盖公章。

结果都是空手而归。

那时候去我老家，先是坐五角钱的客班车到达区上。下乡的早班车一般是清早六点左右出发。区上到公社，不通车，要走十五里路。公社到大队，还要走四里路。我不知道这些干部早饭在哪吃，中饭在哪吃，又是如何能在当天赶回来？这十三批干部，每次去都被委婉地拒绝：要么是公社或大队的书记不在，人事问题是要一把手签字，才能盖章的。要么是公社说大队不同意或者大队说公社不同意，要都同意才能签字。要么是说管公章的秘书不在，办不了……

最后一次，是县里宣传部分管文化的领导和宣传队的队长亲自出马，才盖到了两个公章。他们俩坐班车先去区上，请区上电话通知公社和大队书记，今天县里有领导来检查工作，要听他们的汇报。不说什么事，先堵住他们借故躲避。然后在区上找干部借了两辆自行车，骑车直奔公社。见了公社书记，问我们要招的这个孩子，你认识吗？书记答：不认识。问：家庭成分高吗？答：不高吧，好像是下中农成分。问：这个孩子有什么不良表现吗？答：不清楚。问：那你们为什么不同意推荐他？答：我们是同意。大队上不同意。县上领导就说：那我们一起去大队上开个会。来到大队部，大队书记汇报：这个孩子一直在学校里读书，没什么表现不好啊。只要是公社同意，我们下级服从上级。宣传部的领导说：都同意了吧？好吧，签字盖章吧。

我们这个在1970年组建的毛泽东思想文艺宣传队，新招收演职员五十多名，除我之外，都是现场面试现场填表盖章现场录取的。我是唯一的例外。其时的政治纪律是极其严肃的，凡是被派去招工的人员，必有党员带队，而且要严守秘密，更不许与当事人接触通气。以上招收我的细节，是在"文革"结束十多年后，我调离单位后，才陆续知道，至今我都算不出来，都是哪些人饿着肚子去，空着双手回。

两位借自行车为我操劳的领导，时下都是八九十岁的老人了，至今还是县上公认的优秀领导干部。由此我欣赏一句传播广远的歌词：好人一生平安。由此经历，我是能够深刻认同"人抬人，无价之宝"一说的。

　　因为遗传基因，我是能睡的人，失眠与我无关。但在我十七岁这年，却尝到了失眠的滋味。我借调到宣传队上班，是五十多位同事中，比较早的一批，有一半以上都在我之后报到，我目睹了他们兴高采烈拿着调令报到上班，领取正式职工的工资，而我还只是一个临时工的身份，我不便去打听原因，也不知能找谁打听。但我隐隐地感觉到招工手续出了问题。连在山里教书的我母亲都从一些渠道中，得知我的前途，被公社和大队两级卡住了。她是个急性子，可以设想我母亲会急到什么田地。一张应拿没拿到的毕业证已经够她失眠的了。我的这个能够吃上"皇粮"改变命运的机会，对于一个母亲来说，是何等的重要。

　　我在这个时候，真正体会到了我母亲的失眠之苦，会有多苦。以至后来我母亲凡要治这个病，无论有多难，我都会竭尽耐心，去尽义务。

　　那段日子，我常在半夜醒来，一想到我前途未卜，就再也不能入睡了。再往后推，情况更糟，一个晚上只能睡一两个小时，而白天还须强打精神发奋工作，表现积极。我唯一能做到的，是要以良好的工作表现，来赢得单位的好感，达到我想达到的目标。

当单位通知我去财务室办理正式报到手续时，我
已经没有了兴奋，只剩下疲惫，我记得这天很热，我
来不及吃晚饭，也没有洗漱，倒下去就睡到第二天的
晨练时间。我就这样除了上班，便倒头大睡，睡了个
把星期后，总算补回了因失眠而造成的损失。

我用睡觉的方式，来庆祝和纪念我人生中迈出的
艰难而伟大的一步。

很久以后，一些知情人陆陆续续告诉我：你也不
要恨那些公社大队干部，有这样既不要学历又不要专
长还不要体检的招工机会，怎么会让给你呢？我想是
呵是呵，我们这个大家庭，从上往下数，没有人入过
党，入过团，当过兵，没有人当过哪怕是生产队的副
队长，没有人能在大庭广众中讲出几句像样的话，是
一群生活在最底层老实巴交的人，有什么好处会轮到
我们名下？

也有人谈到我母亲：你妈也是，还是性子急了，
话头冲了。你这是有求于人哪，公章在人家手里啊，
你要装笑脸啊，声音要低啊。家里有鸡蛋啊、笋干
啊、毛巾啊、菜干啊什么的，方便时也拿一点啊，放
下架子，一家一家上门拜访啊。不愿拿礼物也不要

紧，但气头上的话是千万讲不得的，这个时候，你就不是知识分子了……

我知道我母亲的脾气，她是不会放下脸面去求人的，她不会面对明显的欺侮而低三下四。我母亲的表现可能加深了阻力，但我不会埋怨她，她的骨气，恰恰是我要效仿的，人不能有傲气，但要有傲骨。

我感谢在我十七岁时就有过这么一次洞察人性的经历，这对以后的成长，是莫大的帮助。有过最底层的成长经历，在社会的最底层仰望天空，会看得更广阔。当你不甘心被埋葬在最底层，你就知道该如何挣扎着爬起来，往前走，往高走。

我多么想把自己打磨成一个旷达的人、宽容的人，但最终不过还是一个虚荣的人、计较的人。我在我父亲五十岁、母亲四十八岁这一年，将他们迁到县城里来生活。我在1982年拿到了人生的第一笔大钱——湖南人民出版社给我出了一本小说集，我接到通知，背着一个黄挎包，到长沙领取了面额十元一张的稿费250张。2500元值多少钱呢？我回县里再加50元，给我父母买了一套两居室的房子。那时我的乡邻中，到过县城的人都没有几个，而我的父母，在县城有了自己的房子，成了有身份的城里人，我想我是大大地满足了我父亲尤其是母亲的虚荣心。当然更是我虚荣心的驱使。我赚的人生的第一笔大钱，自己没有花费一分，还倒贴。想到我连一张应该拿的高中毕业证都拿不到；一份完全可以成全的工作梦，被野蛮践踏；我觉得很值。

我这么做，是不是有做给曾经踩压我们的人看的因素呢？

在我们还是拿着每月三四十元钱薪金的1984年，上海的《萌芽》杂志让我去领一个文学奖。我想到的第一件事是要带我的父母亲去看看大上海。飞机是坐不上的，那是有级别的干部才能坐的。长沙到上海，火车要走二十七个小时，要提前十来天买票。一个长沙的编辑找我约稿，我的附加条件是要请她帮我买两张卧铺票。她神通广大，弄到了票。我父母这是第一次坐火车，而且是直接睡的卧铺。我坐的硬座，有点舍不得花那笔钱。

还是在只有几十元钱月工资的年份，我们兄弟还带父母亲去过北京、武汉等大城市。这么劳累奔波，未必是他们所要的。我们想达到的，不过是馈赠他们以尊严，抚慰他们大半生的辛劳。

当然，也还是有做给他人看的成分。

我母亲活了83岁，但最后的几年，患了老年痴呆症，逐渐丧失自理能力。一夜之间，她的争强好胜、爱管闲事、唠唠叨叨悄然消失，突然变得宽容大度，温和细腻。缠绕她几十年的神经官能症，顷刻间痊愈，一觉睡到天亮。问她打针疼吗？说不疼。问药不难吃吧？说不难。问保姆对她好吗？说好。问饭菜合不合口味？说好吃。问要不要买什么东西？说都有都有。问想什么东西吃？说都有都有……世间的一切，在她眼里皆无比美好，昔日的诸多烦恼、诸多担忧、诸多不满，一扫而光。

我们乡中的说法：人怕变相。"变相"就是性格突然改变。我母亲从强势突然变得柔顺，属于变相范畴。一个人性格的突然改变，说明她在世的日子不会很多了。

自从摆脱了神经官能症成为老年痴呆症患者之后，我母亲度过了几年轻松无累的日子，同时不再服用品种繁多的各类药品，所有以往的病灶烟消云散。我小弟弟夫妇带着她走完最后的时光。我坚持每个月要跑两百多里地来看她一次，不管忙不忙，这个看望是要坚持的，这已经与尽孝无关，是不自觉的牵挂，是无意识的冲动。和我共同生活过有着直接的血缘关系的八位长辈，我母亲是最后一个。这种最后的陪伴，也只有面临过最后陪伴的人，才能够说出那种依恋和不舍，任何文字都无法描述这种心情。

所谓看望，其实也仅止于陪母亲坐坐，我不问，她不答，她已经没有了说话的欲望，她二十一岁开始教书，课堂上必须说，课外爱说，大半生说得太多，把该说的全都说完了。

我每次告别母亲，开动汽车，走出一定的距离，总是不由自主地鼻子发酸，泪眼蒙眬，就像几十年前告别我老祖母时一模一样，岁月并没有改变脆弱与伤感。

我母亲走得安详平和，有如烛尽火微。在我母亲生命渐微之时，我弟弟曾去拜谒过乡中一位得道术士问我母亲是否会走得没有痛苦。我们希望母亲能够有尊严地走完人生。术士说我母亲功德圆满，走时不会有痛苦，而且会入神道（神道，即是成仙得道之意），应该坐着走。

　　我们乡下，眼见一个生命已无法挽救时，便要请高人给算一算：什么时辰走比较好？这个走的时辰，据说会影响后人的祸福。要是高人算了某个时辰不能走，后人会跪在奄奄一息的人身边，高声呼喊，求他坚持坚持，等等再走，这事重大。往往逝者为了顾全晚辈的福祉，硬是能将一口气匀成几口呼，叫作"吊气"，待挺过了这一刻，才闭上眼睛。术士给我母亲算的是：她命大，什么时辰走都无禁忌。

　　当我母亲慢慢拒绝进食，人生快走完时，我通知家人不要走远，在外面的尽快赶回，希望有多一些人来给她"送终"。

　　我母亲走时，没给我们子女添一点麻烦，我在她身边仅守了一晚。天亮时，我用棉签给她涂水时，发现母亲的舌根已经硬了，只剩下微弱的呼吸。这时我开始打电话，通知舅舅叔叔及所有侄子和外甥。不到一个小时，分散居住在附近乡间和县城的一干至亲，悉数到齐，除了在外读书的两个一时赶不到，来给我母亲送终的达三十多人。

　　我对我母亲说，该来送她的，都来了。尽管她在几天前就没有了睁开眼睛的能力了，但我坚信她是听得见的，她是个爱热闹的人，有这么多亲人来送她，她一定高兴。

在她的呼吸越发艰难，而又不肯停下时，我突然想到术士说的，她应该像菩萨一样坐着离开。我忙将母亲从床上抱起来，轻轻地移放到早已备好的躺椅上。

我在我母亲的肚子里和怀抱中，待过了几百个温暖而安宁的日日夜夜，而只有在她人生中最脆弱最无奈的时候，我才抱起了她，我不知该怎样形容这一瞬间的感觉……

当我扶着我母亲在躺椅上坐端正后，一分钟后，她就停止了呼吸。正如乡间术士所示，她是注定了要坐着走的，坐着灵魂离天近，易于升天。古代的高僧大德、修行之士，最终的归宿，不少选择于深山老林的岩洞中"坐化"。我母亲非道非佛，亦能如此，是为不凡。

我母亲安安静静地走了，她大半辈子睡不好，在最后的时候睡得安详。临终时衣裤都没有弄坏，走得干干净净。有三十多位至亲给她送终，这也算得上是一个奇迹，要令很多人羡慕。在我们的习俗中，是很在乎送终这一人生最后的环节的，如果子孙后代能够在老人落气的这一刻守护在床，要被乡人广为传颂，被认为亡者是大福之人。有不少做子女的，在老人病重时，哪怕在天涯海角，也要赶回来，昼夜守候在床边，为的是给老人送终，一旦做到了这一步，即要被认为是尽了大孝。如没有给父母送到终，会成为余生最大的遗憾。

送亡者远行的最后一个重要仪式，是让亲人看一眼遗容，无论是土葬还是火化，必不可少这一步，也是不留遗憾吧。这个仪式都是在落葬这天的清晨举行的，这天亲人们早早围在我母亲的棺材旁，做最后的送别。我们移开了棺材的一角，露出了我母亲的脸，周围即响起了"嘤嘤"的哭泣声……我看到有一束花白稀疏的头发，遮住了我母亲的额头，我伸手将头发拨到旁边，露出母亲并未暗淡的饱满的额头……这是我自从离开母亲的怀抱后，第一次触摸和整理母亲的头发……我母亲是一位爱整洁、重容颜、有修养的教师，如果她还活着，她不会让这一束头发在她的额头撒野……可惜现在她做不到了，我应该替她来完成……

　　我母亲与我父亲合葬在我祖居宅基地后面的山坡上。我代表我们兄弟姊妹，在墓碑上写下了一行字："你们的血液，流淌在我们以及我们的后代身上。"

　　我希望若干年后，我们的后人，要常来祭拜他们，不要忘记自己来自哪里。树有根，水有源，根与本，这是一个不能忽视的存在。

　　我母亲在我小弟家走完人生，我小弟过继给我小舅做儿子。我母亲过世后，我小舅特别交待我们：你娘不在了，你们还是要经常来走动啊。他担心我们因为母亲不在了，就不去他家走动了。他的担心是有代表性的，儿女在外，回家看父母，是天经地义，每年过春节，数以亿计的民工潮涌动在天南地北，就是为了要回来与父母团聚。这已远远不是道义问题，而是无形的血脉相依，不可割断。父母不在了，这炉火就熄了，圈不住儿孙了，于游子，故乡也就会慢慢淡去。

　　但我不会。我对我小舅说我不会……

　　我母亲从事的是说话的职业，照说在生命的最后，应该对她的后人交代点什么，就如书面语言表述中的遗嘱。但是没有。她有的是时间做准备，还是没有。

我母亲无话可说，父亲更不会有话说。

我祖父祖母、外公外婆、老祖父老祖母，同样没有留下后话。

对于后人，这是不是遗憾？他们没有能力留下遗产，也不留下遗言，令人费解。在我的印记里，我与我长辈们相处的日子，不算长，也不算短，不算多，也不算少，但我从来没有得到过他们的夸奖，也没有聆听过批评和教诲。没有人看过我的成绩单，也没有人试图指导过我的人生。

他们就让我看着他们怎么活，将千言万语隐藏在他们活着的全过程中，像一本无言的书，他们坚信我能够在书中读到什么。言传是苍白的，身教是厚重的。

我今天能够成为我，是我从这本血缘的书中，读到的最宝贵的东西。